Meike Haas

Milena und die tollste Schule der Welt

Von Meike Haas sind im Arena Verlag außerdem erschienen:
Finja und das blaue Licht
Finja und das kalte Feuer
Finja im Tal der Feuerpferde
Finja und die Zauberfürstin

Meike Haas,
geboren 1970, studierte Germanistik, Philosophie und Buchwissenschaft in Regensburg, Wien und München. Sie arbeitete für verschiedene Zeitungen, u. a. für die *Süddeutsche Zeitung*. Inzwischen hat sie schon mehrere Kinderbücher veröffentlicht. Sie lebt mit ihrer Familie in München.

Meike Haas

Milena und die tollste Schule der Welt

Zeichnungen von Sabine Völkers

Arena

FSC
Mix
Produktgruppe aus vorbildlich bewirtschafteten
Wäldern und anderen kontrollierten Herkünften
www.fsc.org Zert.-Nr. SGS-COC-2645
© 1996 Forest Stewardship Council

1. Auflage 2010

Einband: Melanie Garamin
Gesamtherstellung: westermann druck GmbH, Braunschweig
ISBN 978-3-401-06432-1

www.arena-verlag.de
Mitreden unter forum.arena-verlag.de

Inhalt

Milena wachsen Flügel

Milena Weinlaub lag inmitten bunter Kissen und versuchte, nicht aufzuwachen. Die Sonne schien schon zum Fenster herein, aber Milena kniff fest die Augen zu und drehte sich zur anderen Seite. Ihre blonden, schmalen Augenbrauen zog sie dabei konzentriert zusammen und ihre Stupsnase berührte fast die Wand. Es sah ein bisschen so aus, als versuche sie, das Tapetenmuster am Geruch zu erkennen.

»Mini! Aufstehen! Es ist so weit!«

Im Halbschlaf griff sich Milena ein großes grün gepunktetes Kissen und zog es über Ohren und Stupsnase.

»Mini Mäuschen!«

Unter dem Kissen klang die Stimme jetzt so gedämpft, dass Milena sie nicht weiter beachtete, sondern sich behaglich ins Bett kuschelte. Sie suchte nach den Traumbildern, die sie gerade eben vor Augen gehabt hatte. Irgendetwas mit einer Südseeinsel war es gewesen ... Milena saß unter einer Palme am Strand und schwitzte . . . das Zitroneneis in ihrer Hand schmolz ... ein Flusspferd mit Elefantenohren fächelte ihr Wind zu ...

Wusch! Jetzt wehte tatsächlich ein kalter Luftzug an ihr Ohr. Was war das?

Mama hatte das Kissen weggezogen.

»Aufstehen! Erster Schultag!«

Sofort war die Insel weg. Keine Hitze, kein Zitroneneis. Stattdessen: Erster Schultag. An der neuen Schule! Das wollte Milena nicht! Neinneinnein! Sie kniff die Augen noch fester zu.

Doch anstelle plätschernder Wellen hörte sie, wie Mamas Stöckelschuhe übers Parkett klapperten. Sie ging offenbar durchs Zimmer und zog die Vorhänge auf.

»Schau mal, Mini Mäuschen! So schönes Wetter. Extra für dich und deinen großen Tag!«

Mini!, dachte Milena ärgerlich. Mäuschen! Das war sie nicht! Sie hasste diesen Spitznamen. Sie hasste Mäuse überhaupt. Ekligere Tiere waren überhaupt nicht vorstellbar. Und witzig fand sie die Abkürzung auch nicht. Nur weil sie mit ihren zehn Jahren erst 1,32 Meter groß war!

»Ich bin mir sicher, es wird dir gefallen!«

Das würde es nicht! Kein bisschen! Sie wollte nicht auf diese blöde Louisenthalschule! Nicht einen Tag! Nicht eine Stunde, nicht mal eine einzige Sekunde! Am besten wäre es, einfach nicht aufzuwachen. Auf der Südseeinsel zu bleiben. Mit Zitroneneis.

Ihre Mutter setzte sich auf die Bettkante.

»Nun sperr dich doch nicht so. Ich weiß ja, dass es dir nicht leichtfällt. Aber ich bin mir sicher, dass es auch an der Louisenthalschule nette Mädchen gibt und du schnell Freundinnen finden wirst. Hm?«

Milena blieb bewegungslos mit geschlossenen Augen liegen. Mama brauchte gar nicht so scheinheilig zu tun. Die Einzige, der es prima gefallen würde, dass Milena auf die blöde Louisenthalschule ging, war Mama. Weil es eine Ganztagsschule war und Mama dann nicht kochen musste, sondern bis 17 Uhr in der Agentur bleiben konnte. Dabei legte Milena nicht den geringsten Wert auf ein warmes Mittagessen. Ganz im Gegenteil. Sie hatte extra angeboten, sich mittags eine Wurstsemmel zu kaufen! Bei der Metzgerei Brandner um die Ecke gab es ganz leckere, mit sauren Gurken und Mayonnaise.

»Ach Mini«, Milenas Mutter wechselte den Tonfall von aufheiternd zu enttäuscht. »Wir haben doch schon so oft darüber gesprochen. Es geht eben nicht anders. Und wenn du dich ein bisschen bemühst, wird alles gut. So und jetzt steh auf. Ich habe extra Croissants besorgt.« Sie gab Milena einen Klapps und marschierte aus dem Zimmer.

Kaum war die Tür ins Schloss gefallen, flogen alle sieben bunten Kissen zur Seite. Milena setzte sich auf und streckte der Tür energisch die Zunge heraus. Dann blitzte sie die Türe wütend an und fauchte: »Ich will nicht auf die blöde Louisenthalschule, und wenn du dich auf den Kopf stellst.« Fünf Stationen mit dem Bus! Unterricht bis 16:30 Uhr! Das konnte ja nur schrecklich werden. Und alles, obwohl zwei Straßenecken weiter das Goethe-Gymnasium stand. Dahin würden gleich fünf Mädchen aus Milenas Grundschulklasse gehen. Sophie, Larissa, Laura, Kim – und Sarah auch. Sarah Kirchberg, Milenas beste Freundin.

Milena stand auf und trottete zum Stuhl mit den Kleidern. Sie zog ihre Jeans an. Sie hätte sich das nicht bieten lassen dürfen! Niemals. Sie war mal wieder viel zu brav gewesen!

Sie schlüpfte in ihr T-Shirt.

Zu brav, dachte sie. Das war schon immer ihr

Problem gewesen. Sobald sie allein war, konnte sie mühelos wütende Reden halten! Sie konnte der geschlossenen Tür die Zunge rausstrecken und ihr schneidende Blicke zuwerfen. Sie konnte die abenteuerlichsten Pläne schmieden. Aber wenn Mama ihr gegenüberstand ... dann ging das nicht. Überhaupt wenn ihr irgendein Erwachsener gegenüberstand ... Dann erstarrten plötzlich alle kämpferischen Worte, die sich in ihrem Kopf gesammelt hatten, und wollten nicht heraus!

Sie warf der Tür einen bösen Blick zu und presste hervor: »Aber irgendwann, da werde ich es schon noch tun!«

Als Milena später ins Esszimmer kam, war Mama noch in der Küche. Am Tisch saßen nur Uwe, Mamas neuer Mann, und Marilou, Milenas einjährige Halbschwester. Sie wurde »Wölkchen« genannt, weil sie überall so rund und weich war: im Gesicht, an ihren Patschhänden und an den kleinen Knien. Wölkchen saß im Hochstuhl, nuckelte an einem halben Croissant herum und Uwe las Zeitung.

Milena mochte ihn gern. Er war so ruhig, ganz

anders als Mama. Ihm konnte man alles sagen und musste nie Angst haben, dass er sich darüber lustig machte.

Uwe ließ die Zeitung sinken und lächelte ihr zu. »Guten Morgen.«

»Morgen«, sagte Milena.

»Und? Alles in Ordnung?«

»Kann man nicht gerade behaupten«, gab Milena zurück. Sie nahm sich ein Croissant, schnitt es auf und fragte dann mit grimmigen Falten auf der Stirn: »Ich möchte mal wissen, warum ich eigentlich nie zurückschimpfen kann!«

Uwe klappte die Zeitung zusammen und beugte sich zu ihr. Um seine braunen Augen kräuselte sich die Haut zu kleinen netten Runzeln: »Weil du so ein freundlicher Mensch bist, Milena.«

Milena sah ihn an. Daran lag es? Und konnte man nichts dagegen tun?

»Ich finde, ich bin zu brav«, sagte sie.

In diesem Moment kam Mama mit einer Kanne Kakao aus der Küche. Natürlich lachte sie! So sehr, dass ihr beinahe der Kakao aus der Kanne schwappte. »Ja, da ist schon sehr seltsam, dass ausgerechnet

ich so ein braves Mäuschen als Tochter habe!« Sie stellte die Kanne auf den Tisch, zerstrubbelte Milenas Haare und drückte ihr einen Kuss auf die Backe.

Milena wischte mit dem Ärmel die Spucke weg. Sie seufzte. Mit ihrer Mutter war es schwierig.

Natascha Weinlaub war eine große und schöne Frau, hatte ein fröhliches Gesicht mit einem lachenden, rot geschminkten Mund und trug stets große klimpernde Ohrringe. Wenn sie in einen Raum trat, schauten alle sie an. Wenn sie etwas erzählte, hörten alle zu, und wenn sie lachte – was sie meistens tat –, dann versprühte sie Unmengen guter Laune. Das fand Milena toll.

Aber auf der anderen Seite wusste Milena bei ihrer Mutter nie so genau, was sie ernst meinte und was nicht. Wenn Milenas Mutter zum Beispiel »brav« sagte, dann klang es nicht wie etwas Gutes, sondern wie etwas entsetzlich Langweiliges. Und das war doch komisch.

»Ich war ja das genaue Gegenteil . . .«, begann Frau Weinlaub jetzt. Milena sah auf. Bestimmt erzählte Mama wieder diese Geschichte, wie sie als 16-jähriges Mädchen von der Schule geflogen war. Wie konnte sie das nur lustig finden!

Milena wollte es nicht hören.

Das war die andere Sache, die sie an ihrer Mutter so ärgerte. Wenn Milena ein Problem hatte, dann bemerkte Mama das vor lauter lustigen Geschichten gar nicht. Jetzt zum Beispiel! Jetzt sollte sie doch eigentlich darüber nachdenken, was man gegen die Louisenthalschule unternehmen konnte. Aber nein, Mama berichtete, wie der Direktor damals ihre Eltern angerufen und gesagt hatte: »Herr Weinlaub, ihre Tochter fliegt!«

Milena rührte ihren Kakao um – da schoss es durch sie hindurch wie ein Blitz.

Ihre Tochter fliegt!

Ihr fiel der Kakaolöffel aus der Hand, als sie begriff, was der Satz bedeutete.

Ihre Tochter fliegt!

Es klirrte, der Löffel lag auf dem Boden. Milena merkte es gar nicht, denn sie fühlte sich so, als wüchsen ihr Flügel. Auf Adlersschwingen segelte sie von der doofen Ganztagsschule direkt in den Hof des Goethe-Gymnasiums.

Ihre Tochter fliegt! Das war die Lösung!

Traum und Wirklichkeit

In Milenas Kopf entstand ein Bild. Sie sah einen grauhaarigen Direktor: Seitenscheitel, dünne Lippen unter denen spitze weiße Zähne hervorblitzten, dazu superstrenge Augen. Eine Mischung aus Vampir und Gefängniswärter. Und dieser wichtige Mann sagte zu ihrer Mutter: »Nein, Frau Weinlaub, ihre Tochter behalten wir nicht einen Tag länger, sie ist viel zu frech!«

In Milenas Bauch begann es, wohlig zu kribbeln. Sie hörte nicht auf Mamas Uralt-Geschichte, sondern biss in ihr Croissant und träumte weiter.

Mama würde vor Verwunderung der rot geschminkte Mund offen stehen bleiben, selbst die Ohrringe würden aufhören zu baumeln. Sie würde die Augenbrauen in die Höhe ziehen und erschrocken stammeln: »Mmmein MmMini-Mäuschen ...?« Weiter würde sie nicht kommen, denn der Direktor würde sagen: »Na ja, ein Mäuschen ist ihre Tochter nun wirklich nicht!«

Milena nahm behaglich einen Schluck Kakao.

Ach, das wäre wunderbar. Am Tag nach dem Rausschmiss würde sie mit den anderen ins Goethe-Gymnasium marschieren und niemand würde es je wieder wagen, »Mini« zu ihr zu sagen.

Milena war auf einmal bester Laune. Es fühlte sich so an, als sprudelte Limonade durch ihren ganzen Körper und sie konnte nicht mehr still sitzen bleiben. So war es immer, wenn Milena ein neuer Plan einfiel. Und das geschah oft. Im Pläneschmieden war sie mindestens so gut wie im Türenbeschimpfen.

Leider gab es da noch eine andere Ähnlichkeit: Auch die Pläne gelangen nur in der Fantasie. Sobald es ernst wurde, traute sich Milena nicht.

Zum Beispiel der Mondscheinklub. Das war die

beste Idee gewesen, die Milena je gehabt hatte: Der Klub sollte aus zwei allerbesten Freundinnen bestehen, die um Mitternacht im Garten ihre Treffen abhielten. Klar, dass die Freundinnen Sarah und Milena hießen. Sie hätten sich gegenseitig »Mondscheinschwester« genannt und wären auch bei den schlimmsten Gefahren füreinander da gewesen.

Doch dann war der Klub nie gegründet worden. Weil die eine Mondscheinschwester (die mit M am Anfang) sich einfach nicht in die Dunkelheit hinausgetraut hatte.

Aber – und das gehörte zum ganz normalen Ablauf von Milenas Plänen – solange eine Idee frisch war, dachte sie nicht an solche Schwierigkeiten. Nur an das Gute. Also malte sie sich aus, wie der streng gescheitelte Direktor ihrer Mutter das sagte, was ihr selbst nicht über die Lippen kam. Und das machte sie kribblig-glücklich.

Der echte Direktor sah dann ganz anders aus. Er war eine Frau. Eine Riesin mit knallroten Locken. Und diese signalfarbenen Haare waren das Erste, was Milena in der Louisenthalschule erblickte.

Natascha Weinlaub, Uwe Dresen, Wölkchen und Milena hatten sich nämlich ein bisschen verspätet (wegen des Breis aus Wölkchen-Spucke und Croissantteig, der irgendwie auf Frau Weinlaubs Bluse gelandet war). Also öffnete Milena ganz vorsichtig die Tür zur Aula, in der die kleine Begrüßungsfeier stattfand. Sie spickte hinein – und sah rot.

Die Direktorin Frau Dr. Dabelstein eilte gerade quer durch den Saal zum Rednerpult. Und weil sich mindestens ein Drittel ihrer Haare aus der Spange gelöst hatte, loderten hinter ihrem Kopf rote Locken. Sie wirkten wie ein flammender Raketenantrieb.

Die Direktorin trug ein wallendes grün gemustertes Kleid und über dem Ausschnitt baumelte eine ebenso grüne, halbrunde Lesebrille an einer goldenen Kette. Trotz ihrer Größe trug sie Schuhe mit hohen Absätzen und in denen klackerte sie jetzt die drei Stufen zur Bühne hinauf.

Davor saßen in sechs Stuhlreihen die neuen Fünftklässler mit ihren Eltern. Milena, Mama, Uwe und Wölkchen zwängten sich ganz hinten auf die letzten drei freien Plätze.

Frau Dabelstein holte Atem, wodurch die Brille auf ihrem Ausschnitt bebte, klopfte die Papiere in ihrer Hand zurecht und ließ ihren Blick durchs Publikum schweifen. Sie hatte ungemein warme, fröhliche Augen. Man wollte automatisch zurücklächeln. Und das taten auch alle – bis auf Milena.

Sie ärgerte sich. Vor allem, als sie bemerkte, dass auch ihre Mutter ganz verzückt in Frau Dabelsteins Richtung lächelte! Mama sollte die Direktorin nicht nett finden! Unter gar keinen Umständen! Die Direktorin sollte doch ihrer Mutter ins Gewissen reden! So ging der Plan!

Aus Protest hörte Milena nicht zu, was die Direktorin zu sagen hatte. Stattdessen betrachtete sie in aller Ausführlichkeit das Muster im Parkettboden und dachte daran, wie sie in ein paar Tagen aufs Goethe-Gymnasium gehen würde. Die anderen Kinder würden sich hinter ihrem Rücken zutuscheln: »Man hat sie von der Schule geworfen!«, und hätten ordentlich Respekt vor ihr. Gut möglich, dass man sie zur Klassensprecherin wählte.

Milenas Blick wanderte vom Parkettboden zu den weißen Wänden mit den hohen Fenstern. Sie würde neben Sarah sitzen – und nicht Kim, die das sicher auch gern wollte! Wenn die Schule aus war, würden sie gemeinsam zur Metzgerei Brandner gehen. Gerade als Milena überlegte, ob sie lieber saure Gurken oder Tomatenscheiben auf ihrer Semmel haben wollte, kam ihr irgendetwas komisch vor.

Es war so still geworden. Sie stutzte. Alle schienen auf etwas zu warten.

»Milena Weinlaub?«

Das war die Stimme von Frau Dabelstein. Milena sah zum Rednerpult.

»Milena Weinlaub«, wiederholte Frau Dabelstein. »Wo sitzt du denn? Ich sehe überhaupt kein Kind mehr, das aussieht wie eine Fünftklässlerin.«

Milena brauchte eine Weile, bis sie verstand, worum es ging. Vorne hatten sich zwei Gruppen versammelt. Die eine scharte sich um einen schlaksigen Mann mit lustigen Augen und buschigem Schnauzer, die anderen um eine kleine, etwas dürre Frau. Alle schauten suchend ins Publikum.

»Milena Weinlaub! Komm doch bitte und stell dich zu deiner Klassenlehrerin Frau Meisner!«

Milenas Mutter gab ihr mit dem Ellenbogen einen Stoß. »Na los, die warten alle auf dich.«

Milena schob sich durch die Stuhlreihe und war sicher, dass ihr Kopf mindestens so rot leuchtete wie Frau Dabelsteins Haare. Wie oft sie wohl schon aufgerufen worden war? Fünf Mal, zehn Mal? Bestimmt hatte sich der Name den anderen schon eingeprägt. Milena Weinlaub: Das war die mit den Tomaten auf den Ohren. Automatisch senkte sie den Kopf. Erst ganz vorne hob sie ihn.

Sie sah ihrer neuen Klassenlehrerin direkt ins Gesicht: graue Haare, schmale Lippen, spitze Zähne. Sie sah dem Traumbild des erbarmungslosen Direktors ausgesprochen ähnlich. Nur dass sich die strengen Augen nicht wie gewünscht auf Frau Weinlaub richteten, sondern auf Milena selbst!

Nur nicht Mini Mäuschen!

Die Zeit an der Louisenthalschule hatte also so unerfreulich begonnen wie nur möglich. Diese Frau war furchtbar! Ihre Augen kamen Milena vor wie kleine Kanonen, ständig zum Abschuss scharfer Blicke bereit, und ihre Stimme war so barsch, dass selbst die freundlichsten Worte klangen wie herrische Befehle.

»Ich zeige euch erst einmal das Schulhaus!«, kommandierte sie und widerspruchslos zockelte die Schülergruppe hinter ihr her ins Treppenhaus. Tock-tock-tock hallten Frau Meisners Schritte durch den hohen Gang. Niemand wagte zu reden.

Es ging Treppen hinauf und Treppen hinab. Milena achtete nicht so sehr darauf. Sie besah sich lieber ihre Mitschüler – und entdeckte überhaupt kein Mädchen! Das konnte doch nicht sein! War sie etwa in einer reinen Jungs-Klasse gelandet? Dann würde sie nicht mal bis zum Rausschmiss warten, schoss es ihr durch den Kopf. Dann würde sie auf der Stelle die Schule verlassen. Ah! Halt. Doch. Jetzt hatte sie zwei Mädchen entdeckt. Rechts hinten gingen sie. Offensichtlich kannten sie sich schon länger. Sie steckten jedenfalls die Köpfe zusammen. Das machte Milena neidisch – und weil sie neidisch war, fand sie die beiden gleich einmal doof.

Also, nicht nur deswegen. Auch wegen der vielen, albernen rosa Glitzerspängchen, die sich die eine in ihre blonden Haare gesteckt hatte und die genau zu ihrem albernen rosa Glitzergürtel passten. Die andere hatte die größten Ringe in ihren Ohrläppchen baumeln, die Milena jemals gesehen hatte. So was trug nicht einmal ihre Mutter!

Vor lauter Abneigung geriet Milena ins Stolpern und rempelte dabei den Jungen an, der links neben ihr ging. Oh Schreck: Dieser Junge sah nicht aus wie ein Schüler, sondern wie ein zu klein geratener Fabrikdirektor: komische Kurzhaarfrisur, Brille und ein gebügeltes Hemd. Anstelle eines Ranzens trug er eine Aktentasche! Bestimmt ein Streber, dachte Milena und entschuldigte sich nur mit einem kurzen Kopfnicken.

Es ging jetzt durch einen Verbindungsgang in einen Neubau, dann führte sie Frau Meisner über den Pausenhof zurück und durch ein anderes Treppenhaus wieder hinauf. Sehr verwirrend, fand Milena. Irgendwann blieb die Lehrerin am Ende eines Ganges vor einer dunkelgrünen Tür stehen. »5b« stand auf dem Schild daneben. »Das ist unser Klassenzimmer«, bellte Frau Meisner und es klang wie »Hier ist eure Gefängniszelle«. Sie zog einen Schlüsselbund aus ihrer Bundfaltenhose und öffnete die Tür.

25 Kinder stürmten los, um sich den besten Platz zu sichern. Milena war die Einzige, die langsam hinterhertrottete. Im Türrahmen blieb sie stehen und besah sich die wilde Schlacht um die besten Plätze. Die Bänke füllten sich. Und sie selbst – wo sollte sie sich hinsetzen? Milena ließ ihren Blick durchs Klas-

senzimmer schweifen. Da entdeckte sie noch ein Mädchen. Zum Glück!

Und dieses Mädchen sah so aus, dass Milena es unbedingt kennenlernen wollte! Ihr Gesicht war umrahmt von den wildesten dunklen Locken, die Milena jemals gesehen hatte – und die Augen blitzten so abenteuerlustig wie die eines Piraten. Sie trug ein cooles Kapuzenshirt mit Totenkopfaufdruck und um ihren Hals baumelte ein Lederbändel mit seltsamem Anhänger. Er war aus Federn und Perlen und sah aus wie ein magischer Talisman. Sollte Milena zu ihr gehen? Das Mädchen stand allein an einer Bank in der letzten Reihe, der Platz neben ihr war frei.

Milena stieß sich vom Türrahmen ab. Sie brauchte nur noch ein kleines bisschen Mut. Sie rückte ihren Rucksack zurecht und wollte den ersten Schritt machen.

»Milena, es wird Zeit!«, hörte sie Frau Meisners Stimme neben sich. Streng, sehr streng. »Da, neben Jakob Simon ist noch Platz.« Frau Meisner legte ihr die Hand auf die Schulter und schob sie zu einem Tisch in der ersten Reihe. Hier saß der Fabrikdirektor. Neben den wollte sie nicht! Milena öffnete die Lippen und wandte sich zu Frau Meisner. Aber als sie in die Kanonen-Augen sah, war es wie immer: Die Worte blieben in ihr stecken.

Warum schaffte sie es nicht zu widersprechen? Milena starrte Frau Meisner an und wünschte sich dringend eine Tür zum Beschimpfen herbei! Es waren so viele Worte in ihr, die herauswollten!

Milena stellte ihren coolen schwarzen Rucksack neben Jakob Simons Aktentasche und setzte sich. Dabei rutschte sie ihren Stuhl so weit weg von ihm, wie es möglich war.

»Hallo«, sagte Jakob Simon. »Ich bin Simon.«

»Ach, ich dachte Jakob«, antwortete Milena erstaunt.

Simon lachte und die Brille rutschte ihm auf die Nasenspitze. Milena sah seine grün gesprenkelten Augen und für einen kurzen Moment war es so, als guckte unter dem Fabrikdirektor ein lustiger Junge hervor. »Nein, das ist mein Nachname. Das verwechseln alle!« Er drückte die Brille mit dem Mittelfinger zurück und sah wieder so streberhaft aus wie vorher.

Milena musste grinsen. Fast hätte sie vergessen, dass sie ihn doof fand, und geantwortet. Doch da schoss rechtzeitig Frau Meisners Stimme durch den Raum: »Wenn ihr alle einen Platz gefunden habt, könnt ihr gleich wieder aufstehen. Wir machen nämlich ein paar Kennenlernspiele.« Es klang, als sagte sie: »Wir schreiben jetzt einen Test.«

Milena und Simon trugen gemeinsam den Tisch zur Seite und rutschten dann mit ihren Stühlen in die Mitte. Milena sah sich um, da bemerkte sie, dass das Mädchen mit dem Wuschelkopf mit ihrem Stuhl genau auf sie zukam! Sie setzte sich rechts neben sie! Milena lächelte. Das Mädchen beugte den Kopf zu ihr: »Ich bin . . .«

»Pssst!«, unterbrach Frau Meisner, schob ihren Stuhl genau zwischen die beiden und setzte sich. »Jetzt nennt bitte jeder erst mal seinen Namen. Du beginnst«, Frau Meisner deutete auf das nette Mädchen, »und dann rechts herum.«

Das Mädchen wandte ihren Kopf in die Mitte. »Also, ich bin Peffi.« Sie grinste. »Das kann man sich gut merken, wenn man an zwei Pistolen denkt: Piff, Paff, Peffi!«

Alle lachten. Nur Frau Meisner nicht. Sie legte die Stirn in Falten und sagte: »Ich möchte, dass ihr eure richtigen Namen nennt, nicht irgendwelche Abkürzungen. Also, bitte noch einmal.«

Peffi verzog das Gesicht. »Ich heiße Charlotte. Charlotte Peff.« Dann ließ sie ihren Blick durch die Runde wandern und fügte verschwörerisch flüsternd hinzu: »Aber nur in Frau Meisners Unterricht, o. k.?«

Wieder lachten alle bis auf Frau Meisner. Sie zuckte ärgerlich mit dem Kinn und meinte dann: »So, der Nächste macht weiter.«

Milena sah Peffi bewundernd an. Was die sich traute! Und dann der Spitzname! Wie ein Schuss. Das war stark, dachte Milena. Vielleicht sollte sie sich auch noch eine Abkürzung ausdenken, die irgendwie besonders klang und die sie dann genauso cool in die Runde schleudern konnte. Aber was? Millie? Das war auch nicht viel besser als Mini! Etwas mit dem Nachnamen?

»Paul Hoffman«, hörte sie, »Paul Sönning.« Die Stimmen kamen näher. Sie konnte nicht mehr überlegen. »Valentin Reiser«, »Matteo Forrestieri« . . . Die Namen rauschten an Milena vorbei. Nur bei den Mädchen hörte sie genau hin. Die beiden, die Milena doof fand, hießen Leonie Ruf und Elif Limmer.

Jetzt hatte sie keine Zeit mehr, nach einem Spitznamen zu suchen. Na ja, dachte sie, Milena ist eigentlich gut genug. Solange nur niemand Mini Mäuschen sagt!

»Jonathan Weber.«

Schnell, Mund auf, dachte sie. Und jetzt passierte etwas, das eben passieren kann, wenn man sich zu stark auf eine Sache konzentriert. Etwas ganz besonders Blödes. In der Eile nämlich rutschte der Name aus Milena heraus, den sie zuletzt im Kopf wiederholt hatte: »Mini Mäus. . .« Sie erschrak. »Ähhh, nein, das stimmt nicht. Milena. Milena Weinlaub.«

Gelächter ertönte. Milenas Gesicht glühte und sie wünschte sich ganz weit weg. Nach Hause, ins Bett, unter das Pünktchen-Kissen. Oder am besten gleich auf eine Südseeinsel . . . mit Zitroneneis . . .

Aber anstelle von Eis tauchte jetzt ein Wollknäuel neben ihr auf. Frau Meisner hatte ihn aus ihrer Tasche gezogen und erklärte das Kennenlernspiel. Ein Kind musste das Ende des Fadens festhalten und den Rest des Knäuels einem anderen Kind zuwerfen. Dabei sollte es den Namen des anderen Kindes nennen und ihm eine Frage stellen. Mit der Zeit würde ein dichtes Netz zwischen ihnen wachsen. »So dicht, dass wir am Schluss Luftballons drauf tanzen lassen können!«, erklärte Frau Meisner. Es klang wie »so dicht, dass wir es später als Gefängnisgitter verwenden können.«

Frau Meisner warf das Knäuel einem der Jungen zu und sagte: »Niklas Wittoschek, was ist dein Lieblingsessen?«

Niklas liebte Pommes mit Ketchup. Er warf das Knäuel an einen der Pauls und fragte: »Auf welche Musik stehst du?« Paul stand auf die Ärzte. Oskar ging gern skaten und die blöde Leonie mit den affigen Haarspangen hatte zwei kleinere Schwestern. Sie hob jetzt das Knäuel und ließ ihren Blick lauernd durch die Runde wandern. An Milena blieben sie hängen. »Du, Mini Mäus, woran hast du vorhin in der Aula gedacht, als Frau Dabelstein dich gerufen hat?«

Milena erstarrte. Mini Mäus! Und dann noch diese Frage! Vor lauter Schreck vergaß sie, nach dem Wollknäuel zu greifen – und war jetzt auch noch die Erste in der ganzen Klasse, die nicht gefangen hatte! Sie rutschte auf den Boden und krabbelte dem Knäuel hinterher, das zwischen Jonathan Webers Füße gerollt war. Am liebsten wäre sie für immer unter seinem Stuhl verschwunden.

Was sollte sie nur antworten? Milena rappelte sich wieder auf. »Ich ...« Milena schwitzte. »Ich habe ... ich weiß nicht«, begann sie zu stammeln.

»Also echt«, hörte sie da Peffis unerschrockene Stimme. »Nach Gedanken fragen, ist nicht o. k.

Oder willst du es wirklich hören, wenn sich Milena genau in dem Augenblick überlegt hat, wie albern die Haarspangen von dem komischen blonden Mädchen aussehen?«

Milena musste trotz ihrer Nervosiät kichern.

Jetzt griff Frau Meisner ein. »Charlotte, du warst nicht dran!«, sagte sie streng. »In Zukunft wartest du, bis du aufgerufen wirst.« Sie wandte sich an Leonie: »Was deine Frage betrifft, hat Charlotte nicht ganz unrecht. Überlege dir bitte etwas anderes.«

»Wenn's sein muss«, moserte Leonie. Sie zog ihre Stimme wie einen ausgeleierten Kaugummi: »Also, was ist dein Lieblingsfach?«

»Ganz klar: große Pause!«, antwortete Milena, ohne nachzudenken – und jetzt lachte die ganze Klasse so zustimmend wie vorhin bei Peffi.

Das tat Milena gut. Sie nahm das Knäuel und warf es scharf an Frau Meisners Nase vorbei zu der Einzigen, mit der sie reden wollte: »Charlotte Peff, was ist dein Lieblingstier?«

»Eine Maus!«, antwortete Peffi.

Kurz dachte Milena, Peffi wolle sich über sie lustig machen. Aber dann schaute sie noch einmal zu ihr hinüber. Peffi nickte ernst und fügte stolz hinzu: »Ich habe sogar eine zu Hause. Sie heißt Mo!«

Der verbotenste Plan aller Zeiten

Peffi war super. Auch wenn sie Mäuse mochte. Sie war so anders. Sie traute sich, offenbar alles zu sagen, was ihr in den Sinn kam. Mit Peffi wollte sich Milena gerne anfreunden. Das stand für sie bei Schulschluss fest. Also um elf Uhr – länger dauerte der erste Schultag nicht. Aber was nützte ein nettes Mädchen in einer Klasse voller Jungs mit einer Lehrerin, die besser Gefängniswärterin geworden wäre?

Als Milena im Bus nach Hause fuhr, dachte sie wieder an ihren geheimen Plan. Jetzt kam Stufe zwei des immer gleichen Ablaufs: Nach den Träumereien überlegte sie, wie sie es wirklich schaffen konnte. Dazu brauchte sie Sarah. Sarah war gut im Planen. Vielleicht sogar zu gut. Sie schrieb alles auf und legte Tabellen an. Auch für den Mondscheinklub hatte sie damals eine Liste gemacht:

Batterien für die Taschenlampen kaufen

Wecker miteinander vergleichen

Picknickdecke unter dem Bett verstecken

Haustürschlüssel nicht vergessen.

Dann hatte sie noch »5.) Möglichst Pfefferspray zur Selbstverteidigung besorgen« aufgeschrieben, und das hatte bei Milena so viel Angst ausgelöst, dass das ganze Projekt gestorben war.

Sarah wohnte zwar in einer anderen Straße, aber an den Rückseiten stießen die Gärten der Familie Kirchberg und der Familie Weinlaub-Dresen zusammen. Milena musste nur durch das Loch in der Hecke hinter dem Komposthaufen kriechen und war schon da. Allerdings war das mit dem Kriechen heute etwas schwierig, denn unterm Arm hatte sie den ganzen Stapel Blätter, den Frau Meisner ausgeteilt hatte.

»Was hast du denn da dabei?«, fragte Sarah erstaunt, als Milena mit den zerkrumpelten Papieren vor der Tür stand.

»Das gehört zu meinem Plan!«, verkündete Milena grinsend.

»Was für ein Plan?«

»Der Plan, wie wir bald zusammen aufs Goethe-Gymnasium gehen und wieder nebeneinandersitzen können!«, flüsterte Milena. Da drängte sich ein ganz unangenehmer Gedanke in ihren Kopf: Saß jetzt eigentlich Kim neben Sarah? Bitte nicht!

Doch bevor Milena fragen konnte, meinte ihre Freundin: »Du brauchst nicht zu flüstern. Außer Frau Bach ist niemand da.« Sie schob Milena in Richtung Treppe und meinte: »Komm, wir gehen in mein Zimmer.«

Bei Kirchbergs sah es völlig anders aus als bei Milena daheim. Es war immer so aufgeräumt – und so leise. Bei Milena zu Hause krähte entweder Wölkchen oder Mama lachte oder sang oder klapperte mit dem Geschirr. Selbst in der Nacht hörte man zumindest Uwes Schnarchen.

Aber hier ... hier war alles so vornehm.

Das war auch das Besondere an Sarah. Sie hatte so etwas Würdevolles. Sie hatte nie Ränder unter den Fingernägeln oder ein Loch im T-Shirt. Sie war Klassensprecherin. Sie war groß, schön und klug. Und manchmal hatte Milena eher das Gefühl, als sei Sarah ihre große Schwester und nicht ihre beste Freundin.

In Sarahs Zimmer angekommen, zog Milena die Tür fest zu.

»Du musst dich hinsetzen! Sonst kippst du um«, befahl sie. »Es ist nämlich der verbotenste Plan aller Zeiten!«

Sarah setzte sich in ihren Korbsessel und Milena verkündete:

»Ich lasse mich von der Schule werfen!«

Sofort stand Sarah wieder auf: »Aber das kannst du doch nicht machen!«

Milena drückte sie in den Sessel zurück. »Doch! Ich mach irgendetwas so Verbotenes, dass ich nie wieder auf die blöde Louisenthalschule gehen darf! Und dann komme ich zu euch!«

»Aber ...« Sarahs Protest wurde leiser. »... meinst du wirklich?«

Milena nickte.

Sarah antwortete nicht. Sie dachte nach. In ihre vornehmen Unschuldsaugen schlich sich ein abenteuerlustiges Glitzern. Da wusste Milena, dass ihre Freundin mithelfen würde. Beschwingt hob sie den Blätterstapel in die Höhe. »Und darum habe ich die Schulordnung mitgebracht. Da wird ja wohl drinstehen, was so verboten ist, dass man fliegt!« Sie kniete sich vor Sarahs Korbsessel auf den Boden. Gemeinsam beugten sie sich über die Blätter.

»Handys im Unterricht sind verboten. Sie müssen abgestellt und im Spind verwahrt werden«, las Milena. »Das hilft nicht viel weiter, ein Handy besitzen wir beide nicht.«

»Und das von deiner Mutter?«, fragte Sarah.

Milena schüttelte den Kopf: »Das gibt sie mir nie!« Sie schaute wieder auf die Schulordnung: »Die große Pause verbringen alle Schüler im Hof. Der Aufenthalt im Schulgebäude ist nur bei extrem schlechter Witterung gestattet – wie findest du das?«

Sarah schüttelte zweifelnd den Kopf. »Ich glaube nicht, dass man von der Schule fliegt, nur weil man nicht ins Freie geht!«

»Hmmm«, machte Milena. »Verbale Gewaltausübung ist zu unterlassen«, las sie weiter. »Verbale was? Weißt du, was das ist?« Sarah zuckte die Schultern und Milena nahm sich den nächsten Punkt vor: »Wer anderen fahrlässig oder sogar absichtlich Leid zufügt, muss mit Schulstrafen, sogar strengen Schulstrafen rechnen.« Sie strahlte Sarah an: »Das ist es! Da steht es ja: Schulstrafen, strenge Schulstrafen! – Damit kann doch nur der Rausschmiss gemeint sein!« Sie schwenkte die Blätter glücklich durch die Luft. Es war ein Gefühl, als hätte sie das allerletzte, schwer versteckte Osterkörbchen gefunden.

Doch Sarah strahlte kein bisschen: »Hast du vergessen, was im ersten Teil stand? Wer anderen Leid zufügt! Du kannst doch nicht irgendjemanden quälen, nur damit du von der Schule fliegst!«

Oh! Da hatte Sarah zweifellos recht. Das ging nicht. Milena wurde jetzt langsam ungeduldig. Wie hatte ihre Mutter das damals nur hingekriegt! Bestimmt hatte sie nichts Gemeines getan! Nein. Es musste noch eine andere Möglichkeit geben. Milena überflog die folgenden Abschnitte. Und da, unter Punkt C: »Sicherheit, Vermeidung von Unfällen«, fand sie es. Sie las Sarah vor: »Von gefährlichen Stellen auf dem Schulgelände (hohe Mauern, Dächer etc.) halten sich die Schüler/-innen fern.«

Triumphierend sah sie ihre Freundin an. »Das ist doch spitze! Schlimm genug, um fürchterlich bestraft zu werden – und ohne Nebenwirkungen für andere! Ich muss nicht mal frech sein oder irgendjemandem widersprechen!« Milena hatte sogar schon eine »gefährliche Stelle« im Kopf: der kleine Balkon im vierten Stock, direkt über dem Haupteingang. Da konnte sie sich aufs Geländer setzen und mit den Füßen baumeln. Wahnsinn!, dachte Milena, das würde ein Anblick sein!

Aber Sarah wiegte den Kopf nachdenklich hin und her. »Von der Schule fliegen tust du wahrscheinlich nur bei wirklich gefährlichen Stellen.«

Milena nickte. »Ja und?« Der Balkon war wirklich gefährlich!

»Also, bei Stellen, bei denen man tot ist, wenn man runterfällt.«

Jetzt nickte Milena nicht mehr. Sie ließ die Blätter auf den Boden fallen. Milena war bei Punkt drei angekommen. Das war der blödeste Punkt im Ablauf all ihrer Pläne. Es war der Moment, in dem sich alles in Wohlgefallen auflöste, weil Milena sich nicht traute.

Die echte Maus

Es dauerte genau 15 Stunden und 33 Minuten, bis Milena auffiel, dass damit ja nicht der ganze Plan, sondern nur die Sache mit den »gefährlichen Stellen« gestorben war. Zu dieser Zeit saß Milena schon wieder im Klassenzimmer der 5b und langweilte sich entsetzlich. Sie hatte Mathematik. Dieses Fach mochte sie schon an der Grundschule nicht. Aber jetzt hatte sie zu allem Unglück auch noch eine Lehrerin, deren Stimme so gleichmäßig surrte wie eine Waschmaschine im Schonwaschgang. Milena musste ständig mit den Zehen wackeln, damit sie nicht einschlief.

»Rechnen mit natürlichen Zahlen«, schrieb Frau

Gutzke an die Tafel und sagte: »Schreibt das bitte in euer Heft.« Milena hatte Mühe, ihren Arm zu heben, so schwer und müde fühlte er sich an. Wenn doch nur irgendetwas passieren würde! Wenn sie doch wenigstens etwas zu träumen hätte! So wie gestern!

»Ich diktiere euch nun einige Additionsaufgaben«, surrte Frau Gutzke. »Macht eine Liste!«

Und da war es, als hätte jemand in Milenas Hirn auf einen Alarmknopf gedrückt. Eine Liste! Sarah hatte vergessen, eine Liste anzulegen! Und ohne Liste konnte man sicher sein, dass man etwas übersah!

Sofort riss Milena eine Seite aus der Mitte ihres Mathehefts. *D. v. P. a. Z.,* schrieb sie ganz oben hin. Das hieß: Der verbotenste Plan aller Zeiten. Aber

das sollte ja nicht gleich jeder merken. Ihre Hand war auf einmal gar nicht mehr schwer und in ihrem Kopf sausten die Gedanken schnell dahin. Was war alles in der Schulordnung gestanden?

1.) *vebrale Gewaltausübung,* schrieb Milena. Dann schaute sie die zwei Wörter zweifelnd an und kritzelte in Klammern dahinter *(Uwe fragen, was das ist).*

Den nächsten Punkt – anderen Leid zufügen – ließ sie weg und die gefährlichen Stellen sowieso. Was gab es noch? Vielleicht etwas, das nicht in der Schulordnung stand?

»436 + 215«, hörte sie Frau Gutzke. »Wer hat das schon gelöst?«

Milena sah kurz auf und lächelte Frau Gutzke wissend an, um die Lehrerin von ihrer Mitarbeit zu überzeugen. Es klappte einwandfrei. Frau Gutzke rief Paul Sönning auf.

Also, weiter. Was gab es noch für verbotene Sachen? Etwas klauen zum Beispiel. Klauen war gut. Das tat niemandem weh, und wenn sie erst auf dem Goethe-Gymnasium war, konnte sie die Sachen ja wieder zurückgeben.

2.) *Klauen,* schrieb Milena. Aber wie kam dann heraus, dass sie die Diebin war?

»374 + 413«, surrte der Schonwaschgang.

Milena setzte wieder ihr wissendes Mitmach-Lächeln auf. Gleichzeitig arbeitete sie weiter an ihrer Liste: Beim Klauen musste sie sich natürlich erwischen lassen! Aber wie machte man das? Nachdenklich kritzelte sie kleine Sternchen und Pfeile an den Rand ihres Blattes. Wenn sie sich zum Beispiel über einen offenen Ranzen beugte, der nicht ihrer war ...

... und dann klang es plötzlich, als sei die Waschmaschine kaputtgegangen: »Milena, du!«

Frau Gutzke stand neben der Tafel und blickte Milena an. Milena schaute zu ihr auf. 374 + 413? Im Kopf schaffte sie das nicht! Sie sah nach unten, als könne sie auf ihrer Liste das Ergebnis ablesen. Da stand natürlich nichts. Das heißt: Da stand noch nichts. Aber drei Sekunden später schon! Denn zwei Finger schoben ganz unauffällig einen Zettel dorthin.

»787«, las Milena ab.

Frau Gutzke lächelte ihr wohlwollend zu. Milena seufzte leise. Sie wandte sich zu Simon, verdrehte vielsagend die Augen und kritzelte auf den Zettel: »Das war Rettung in letzter Not!« Simon las es, ohne die Miene zu verziehen. Er rückte sich – ganz Direktor – die Brille zurecht und schrieb darunter:

»Keine Ursache, man hilft sich unter Freunden!« Dann schaute er wieder zur Tafel und beteiligte sich gewissenhaft am Unterricht.

Milena sah ihn von der Seite an. Komisch war er schon. Aber nett. Milena dachte, dass die 5b der Louisenthalschule vielleicht doch nicht ganz so unerträglich war, wie sie vermutet hatte.

Als sie wieder auf ihre Liste blickte, läutete es zur großen Pause. Milena faltete das Blatt zusammen und steckte es hinten in ihr Heft.

»Willst du sie sehen?«, zischelte da eine Stimme geheimnisvoll.

Milena sah auf – und strahlte. Vor ihrer Bank stand Peffi!

»Sehen?«, fragte Milena. »Wen denn?«

»Na Mo, die Maus!«

Irrgmpffgrrr! Milena blieb die Luft weg. Die Maus – wie eklig! Aber das sagte sie erst einmal nicht. Sie wollte sich ja mit Peffi anfreunden. »Wo denn?«, fragte sie vorsichtig.

»Ich hab sie dabei! In einer Schachtel im Ranzen!«

Uaahh! So nah! Was, wenn sie ausbrach? »Das ist doch sicher verboten!« Im Geiste ratterte Milena die Schulordnung durch. Die kannte sie ja jetzt fast auswendig. Ein Punkt zum Thema Haustiere fiel ihr nicht ein.

Jetzt glitzerten Peffis Augen. »Na und?«, sagte sie. So ein kleines Verbot schien ihr nichts auszumachen. Sie beugte sich ganz nah an Milena heran. »Merkt doch keiner! Mo kommt ganz bestimmt nicht aus ihrer Schachtel raus. Sie schläft immer bis vier Uhr!«

Das war jetzt mal eine gute Nachricht. Milena wurde ruhiger. Ihr gefiel es, so verschwörerisch mit Peffi zu tuscheln. Sie wollte sehr gern ein Geheimnis mit ihr haben. Sie nickte.

»Komm! Hinter der Garderobe von der 7a ist so eine Nische, da sind wir ungestört!«

Peffi holte die Schachtel und Milena beeilte sich, um hinter ihr in den Gang zu huschen. Eins wurde ihr klar: Wenn man mit Peffi befreundet sein wollte,

musste man auf Zack sein. Bei diesem Mädchen ging alles blitzschnell.

Aus allen Klassenzimmern kamen ihnen Schüler entgegen, die zum Treppenhaus drängten, um hinunter in den Hof zu gehen. Die große Pause verbringen alle Schüler im Hof. Der Aufenthalt im Schulgebäude ist nur bei extrem schlechter Witterung gestattet, schoss es Milena durch den Kopf. Aber sie schob den Gedanken beiseite. In der Nische hob Peffi die Schachtel unter Milenas Nase. Milena gruselte es.

»Warum nimmst du sie überhaupt mit?«

»Na ja, ich wollte ihr eben mal meine neue Schule zeigen . . .«

»Ich denke, sie schläft?«

Peffi verzog den Mund. »Vielleicht wacht sie ja noch auf!«, gab sie zurück.

Milena erschien das etwas unlogisch, aber sie schluckte die nächste Entgegnung hinunter. Peffi machte vorsichtig den Deckel auf und blickte so zärtlich hinein, als läge dort mindestens ein träumendes Elfenkind. »Außerdem spürt sie bestimmt auch im Schlaf, dass sie woanders ist!«

Milena spickte in die Schachtel. Sie konnte eigentlich nur ein bisschen geflecktes Fell sehen, ein bisschen Stroh und ein bisschen Stoff, das aussah wie ein alter Socken.

»Nicht streicheln! Sonst weckst du sie!«

Milena war erleichtert.

»Ist sie nicht süß?«, flüsterte Peffi begeistert.

»Ich seh nicht so viel«, sagte Milena.

»Du musst dir den Rest eben vorstellen! Sie hat eine ganz weiche rosa Schnauze und darunter mächtig scharfe Zähne. Sie kann richtig doll beißen!«

»Und was ist das da?« Milena deutete auf das Stück Stoff.

»Das ist eine alte Socke von mir, die mag Mo, dann denkt sie, ich bin ganz nah bei ihr!«

Milena nickte. Sie hoffte, dass Peffi die Maus jetzt wieder einpacken würde und sie dann gemeinsam in den Pausenhof gehen konnten und irgendetwas machen.

Da streckte Peffi die Schachtel noch näher zu ihr hin und fragte: »Willst du sie haben?«

»Wie?!!«, quiekte Milena erschrocken.

»Mama sagt, ich muss sie hergeben. Mein Bruder ist allergisch.«

»Was?«

»Er kriegt rote Augen und muss immer niesen. Sieht eigentlich ganz lustig aus. Aber meine Mutter sagt: ›So geht das nicht.‹ «

»Hmm.«

»Ich habe Mo erst vor zwei Wochen bekommen. Das war die Abmachung: Ich krieg die Maus – und dafür gehe ich auf die doofe Ganztagsschule.«

»Du findest die Schule doof?«

Peffi nickte. »Na klar! Wer will schon bis halb fünf in der Schule sitzen, wenn draußen die großen Abenteuer warten!

Aber meine Mutter denkt, dass ich unbedingt ein

warmes Mittagessen brauche und jemanden, der die Hausaufgaben überwacht!« Peffi verdrehte die Augen.

Milena nickte sachkundig. Es war schon komisch, dass Mütter immer dachten, die Welt würde untergehen, wenn sie kein Mittagessen kochten. Sie war empört: »Aber das ist ja total gemein! Erst schickt sie dich hierher und dann hält sie sich nicht an die Abmachung!«

Peffi nickte heftig. »Das hab ich ihr auch gesagt! Ich habe gesagt: › Du bist die fieseste Mutter auf der Welt und die Ganztagsschule soll in tausend Flammen aufgehen!‹ «

Jetzt konnte Milena nur noch staunen: »Ehrlich?«

»Na ja, vielleicht habe ich auch gesagt: › Sie soll explodieren. Mit einem großen Knall.‹ Klingt eigentlich besser.« Sie grinste. »Was meinst du?«

»Klingt beides super. Echt. Wenn ich so was sagen will, dann ...« Milena stockte. Jetzt hatte sie zu viel verraten. Peffi würde sie bestimmt für ein schüchternes Mini-Mäuschen halten!

»Was ist dann?«

»Na ja«, sagte sie zögerlich. »Es ist wie ein dicker Kloß im Hals. Wie ein Verschluss, an dem die Worte nicht vorbeikommen. Ich mach den Mund auf, aber ich kann es nicht sagen!«

»Bei dir ist das sicher anders, deine Mutter ist bestimmt viel netter!«, meinte Peffi.

»Von wegen!«, widersprach Milena. »Ich wollte ja auch nicht hierher. Ich wollte ja mit Sarah aufs Goethe-Gymnasium!«

Peffi klappte Mos Schachtel zu und hob sie zärtlich vor die Brust. »Aber die Maus würde sie dir lassen, stimmt's?«

»Stimmt«, gab Milena zu.

»Dann frag sie doch mal, ob Mo bei euch leben darf!«

Milena bekam eine Gänsehaut. Sie stellte sich vor, wie der Käfig in ihrem Zimmer stand, wie sie die Tür öffnen musste, um frisches Futter hineinzustellen, wie sie dabei aus Versehen lauter kleine Mäusekötel berührte! Es war furchtbar! Sie wollte Mo nicht haben!

Aber sie nickte.

»Also, lass uns in den Hof gehen!«, sagte Peffi

und schlüpfte aus der Nische hinter der Garderobe hervor.

Und genau in dem Moment geschah es. Wahrscheinlich hatte Peffi zu viel gewackelt oder sie hatten zu laut geredet oder was auch immer: Die Maus wachte auf und drückte mit dem Kopf die Schachtel auf. Die rosa Schnauze schob sich unter dem Pappdeckel ins Freie. Peffi wollte sie wieder zurückstubsen, aber irgendwie schlüpfte ihr Mo durch die Finger und landete auf dem Boden.

Milena schrie auf. Sie starrte entsetzt auf das kleine graue Tier, das da mitten ihm Schulgang saß und dessen Herz so mächtig schlug, dass man es sehen konnte. Hoffentlich kam die Maus nicht in ihre Nähe! Wenn sie über ihre nackten Füße in den Sandalen laufen würde! Igitt! Milena kniff die Augen zu.

Sie hörte, wie Peffi »Mo! Komm zurück!« quiekte und zwei schnelle Schritte machte. Rannte die Maus etwa weg? Milena riss die Augen wieder auf. Sie sah, wie Peffi sich bückte und die Maus mit ihrer rechten Hand umfasste.

Aber sie sah noch etwas anderes. Hinter Peffi. Neben dem Treppenaufgang. Einen dunkelblauen

Hausmeisterkittel. Der Mann, der darin steckte, war so breit und hoch, dass Milena gar nicht sah, wo er zu Ende war. Jetzt beugte er seinen Kopf hinunter und Milena erkannte dunkelrote Backen, die wie zwei kleine Beutel neben dem Mund hingen. Darüber wölbte sich eine dicke Nase, aus der buschige Haare hervorwucherten. Und als Milena ihren Blick noch ein kleines bisschen weiter hob, schaute sie in zwei dunkle, tief liegende Augen.

Der Mann sah die Mädchen ernst an. »Der Pausenhof ist drei Stockwerke tiefer!«

Milena bekam einen trockenen Hals. »Aber ...«, krächzte sie und dann – logisch – blieben alle weiteren Verteidigungsworte in ihr stecken. Sie zitterte. Wo war die Maus? Was, wenn er sie entdeckte?

»Nichts aber!« Der Mann kam auf sie zu. »In der Pause müssen alle Kinder in den Hof! Dafür sorge ich, so wahr ich der Hausmeister bin!«

Milena räusperte sich. Sie wollte irgendetwas sagen, aber ...

»Wir wissen das noch nicht, wir sind schließlich den ersten Tag hier!«, hörte sie Peffis Stimme. Milena sah zu ihr herüber. Ihre rechte Hand steckte in der Tasche des Kapuzenpullis. Und diese Tasche machte eine ganz seltsame Beule.

»Wir waren auf dem Klo. Das muss man doch auch in der Pause dürfen! Oder sollen wir etwa im Gebüsch . . .«

Das Gesicht des Hausmeisters wurde freundlicher. »Na, wenn das so ist.« Die Beulen im Kapuzenpulli wanderten hin und her. Der Hausmeister bemerkte es nicht. »In Zukunft geht ihr in der Pause im Erdgeschoss aufs Klo. Das ist erlaubt.«

Milena und Peffi rannten die Treppen hinunter und stürmten zur Tür hinaus. Im Hof blieben sie stehen.

»Das wäre geschafft!«, meinte Peffi. Sie grinsten sich an und Milena fand, dass es ein sehr schönes Gefühl war, zu zweit dem Hausmeister entkommen zu sein.

Blöde liebe Mama

An diesem Tag dauerte die Schule zum ersten Mal bis 16:30 Uhr. Als Milena um fünf Uhr zu Hause auf ihrem Bett saß, drehte sich alles in ihrem Kopf, so viel hatte sie erlebt: Sie hatte in einem riesigen Speisesaal namens »Mensa« gegessen. Sie hatte mit Peffi die Liste der Freizeitangebote durchgesehen, die alle Kinder zwischen eins und halb drei besuchen konnten. Die beiden hatten beschlossen, mittwochs die Theatergruppe zu besuchen.

Milena hatte um halb drei Uhr nachmittags tatsächlich noch einmal Englisch-Unterricht gehabt und in der letzten Schulstunde alle Hausaufgaben erledigt. Jetzt war sie platt. Sie machte gar nichts mehr, sondern guckte nur so in ihrem Zimmer herum.

Da huschte die Maus wieder in ihre Gedanken.

Hinterm Schreibtisch vielleicht, dachte Milena. Da würde sie die Maus nicht so sehen. Sie könnte auch ihre Kissen vor dem Käfig auftürmen. Oder sich angewöhnen, in die andere Richtung zu schauen. Es gab schon Möglichkeiten. Wenn man den Schrank etwas nach vorne rückte, könnte man den Käfig dahinterschieben. Milena nahm ihr Lieblingskissen in den Arm.

Sie seufzte. Vielleicht würde Mama ja auch verbieten, dass Mo hier einzog! Das wäre das Allereinfachste!

Milena sprang auf und riss die Tür ihres Zimmers auf: »Mama?«

»Komm runter! Ich hör dich nicht!«

Milena lief ins Esszimmer. Ihre Mutter deckte gerade den Abendbrottisch. Das sah etwas seltsam aus, denn alles Geschirr drängte sich an der rechten Tischkante, während die übrigen zwei Drittel der Tischplatte völlig leer blieben. Hier saß nämlich Wölkchen im Hochstuhl und wischte von der Platte herunter, was sie nur mit ihren runden weißen Patschhändchen erreichen konnte.

»Können wir eine Maus haben?«, fragte Milena.

Frau Weinlaub drehte sich um. Ihre Ohrringe klimperten wie Alarmglocken. Vor Überraschung zog sie die Augenbrauen so hoch, dass sie beinahe den Haaransatz berührten: »Wie bitte?«

»Eine Maus, als Haustier.«

»Milena! Ich denke, du kannst Mäuse nicht ausstehen!«

Es klang so, dass Milena fand, sie müsse sich verteidigen: »Ja, schon, aber Mo . . .«

»Mo? Wer ist Mo?«

»Peffis Maus. Peffi geht in meine Klasse, aber Peffi hat ja jetzt so wenig Zeit, wegen der Schule, und außerdem hat ihr Bruder eine Allergie, und da habe ich gedacht, dass vielleicht wir . . .«

»Milena, das mit der Zeit ist bei dir doch genau dasselbe!«

»Ja, aber du! Du bist nicht so gemein wie Peffis Mutter. Du kannst es doch erlauben!«

Milenas Mutter stellte den Wurstteller irgendwo auf den Tisch und kam auf Milena zu. »Na, ob Peffis Mutter wirklich gemein ist, da habe ich so meine Zweifel.« Sie blieb vor Milena stehen. Die roten Mundwinkel zogen sich zu einem Lächeln nach oben. »Aber wenn es dir so wichtig ist mit der Maus – also: Ich habe nichts dagegen.«

Milena starrte ihre Mutter an. Irgendwie war das Gespräch völlig falsch gelaufen.

»Du erlaubst es wirklich?«

»Ja«, antwortete Frau Weinlaub und strich ihrer Tochter sogar übers Haar. »Wann zieht die Maus denn hier ein?«

»Also, ähmm . . .«

Es klirrte.

Dann bimmelten die Ohrringe.

Und dann kreischte Milenas Mutter: »Ach Wölkchen! Die ganze Wurst! Alles voller Scherben!«

Milena achtete nicht darauf. Sie drehte sich um und trottete mutlos die Treppe hinauf. Was sollte sie denn jetzt nur machen?! Mit einer Maus zusammenleben? Konnte denn niemand kommen und sie retten? Sarah. Sie musste Sarah fragen. Milena machte auf der Treppe kehrt, sprang wieder hinunter und öffnete die Haustür.

»Mini?« Das war ihre Mutter.

»Ja?«

»Wohin willst du?«

»Nur kurz zu Sarah!«

»Es ist zu spät. Wir essen in einer Viertelstunde!«

»Du hast gesagt, dass ich nach der Schule immer noch eine Stunde zu Sarah kann!«

»Na ja, ich habe natürlich gemeint: direkt nach der Schule. Von fünf bis sechs. Du kannst nicht erst eine Stunde in deinem Zimmer herumlungern und dann noch zu Sarah. Das geht einfach nicht.«

Jetzt sammelten sich sehr viele Widerworte in Milenas Kopf! Es war sogar der Satz dabei, den Peffi ihrer Mutter entgegengeschleudert hatte. Und er kratzte ganz fürchterlich!

So schnell sie konnte, sprang Milena die Treppe

hinauf, knallte die Tür zu und legte los: »Du bist die fieseste Mutter auf der Welt! Jetzt muss ich sogar mit einer Maus zusammenleben und kann mich noch nicht einmal mit Sarah beratschlagen!«

Am nächsten Morgen kam Peffi schon vor der Schultür auf Milena zu.

»Hallo!«

»Hallo, Peffi!«

»Und? Hast du deine Mutter gefragt?«

»Ja, schon . . .«, druckste Milena herum, »aber . . .«

»Sie erlaubt es auch nicht!«, folgerte Peffi. »So ein Mist!«

Milena zögerte. Sollte sie das Missverständnis klarstellen? Warum eigentlich? So war doch alles in bester Ordnung!

Na ja, in allerbester vielleicht nicht. Peffi guckte jetzt nämlich so verzweifelt wie ein ausgewrungener Wischlappen.

»Ist es so schlimm?«, fragte Milena.

»Klar ist es schlimm«, fuhr Peffi sie an. »Es ist meine Maus. Ich liebe sie!«

»Vielleicht gibt es ja noch eine andere Lösung!«, versuchte Milena zu trösten.

»Was denn? Wo soll Mo denn hin? Ich habe ja dich gefragt, weil du auch hier zur Schule gehst. Du hättest sie ab und zu mitbringen können und am Wochenende hätte ich dich besucht. Aber jetzt?«

Milena hörte schuldbewusst zu. Sie schämte sich. Hoffentlich merkte Peffi niemals, dass ihre Mutter es sehr wohl erlaubt hätte!

»Jetzt muss Mo am Ende ins Tierheim! Stell dir das mal vor! Für sie ist das ungefähr so, wie wenn du von Frau Meisner in ein Klassenzimmer gesperrt würdest und dreimal am Tag Wasser und Brot bekommst!«

Uahhh! Frau Meisner, die Gefängniswärterin! Und sie die Mini-Maus! Da kamen ja alle Albträume zusammen!

Aber. Halt. Jetzt spürte Milena plötzlich ein Kribbeln. Es war dieses wohlbekannte Limonadengeblubber im ganzen Körper! Peffis Vergleich hatte sie auf eine Idee gebracht. Sie hatte einen Plan!

»Und wenn wir hier in der Schule ein Versteck für sie suchen?«

Peffi sah auf. Von wegen Wischmopp! Ihr Gesicht strahlte jetzt, als sei es damit poliert worden!

Und so kam es, dass Milena mittags um halb eins nicht gemütlich in der Mensa saß und das ach so wichtige warme Mittagessen aß, sondern hinter Peffi durch den düsteren Keller der Schule tappte. Sie näherten sich den großen Mülltonnen.

»Dahinter vielleicht«, zischte Peffi und schob sich in die dunkle Lücke zwischen zwei Tonnen. Milena biss die Zähne zusammen und quetschte sich ebenfalls in die Spalte.

Es roch nach vergammelten Pausenbroten, es war dunkel und der Boden schmierig. Milena fand es total gruselig. Aber es gab kein Zurück. Schließlich war es ihre Idee gewesen, nach einem Mäuseversteck in der Schule zu suchen.

»Nee, ich glaub, das ist ihr zu dunkel!«, sagte Peffi, als Milena in der dunklen Nische hinter den Mülltonnen angekommen war.

»Ich denke, Mäuse sind Nachttiere?«, antwortete Milena erstaunt.

»Na ja, aber ein bisschen was sehen will sie bestimmt!« Peffi sah sich um. »Vielleicht können wir ihr eine Lampe aufstellen!« Sie drehte sich einmal um die eigene Achse. »Siehst du hier irgendwo eine Steckdose?«

Milena verkniff sich ein Seufzen. Sie fand es ja wirklich prima, ein Geheimnis mit Peffi zu haben. Aber konnte es nicht etwas ohne Keller und Mülltonnen sein? Zu allem Ärger meldete sich in ihrem Kopf jetzt auch noch eine warnende Stimme, die klang wie Sarah. »Und wenn das rauskommt?«, flüsterte sie.

»Oder ich lege meine Taschenlampe neben den Käfig«, sinnierte Peffi. »Aber dann kann ich nachts nicht mehr heimlich lesen. Was meinst du?«

Milena meinte gar nichts. Sie staunte nur darüber, wie es war, mit Peffi einen Plan auszuführen: völlig anders als mit Sarah. Peffi machte keine Liste, Peffi grübelte auch nicht über Einwände oder mögliche böse Folgen nach. Peffi legte los.

»Also, ich denke, wir bringen sie hierher.«

Milena konnte nicht anders. Sie schüttelte den Kopf.

»Wieso nicht?«

»Es stinkt!«, sagt sie.

Offenbar war das die richtige Begründung. »Du hast recht. Mo hat schließlich ein sehr feines Näschen«, meinte Peffi und begann sich wieder zwischen den beiden Tonnen hindurch in den Keller zu schieben.

Da entdeckte Peffi einen Verschlag auf der gegenüberliegenden Seite, dessen hölzerne Gittertür nicht versperrt war. Hier stapelte sich allerlei Gerümpel. »Das wäre doch was!«, rief sie. Milena sah sich das Kellerabteil zweifelnd an. Direkt vor ihr türmte sich gebündelt der Papiermüll der Schule. Milena deutete darauf und sagte: »Bestimmt kommt der Hausmeister regelmäßig vorbei und stellt das für die Müllabfuhr raus.«

»Dann geht es nicht«, meinte Peffi. »Stell dir nur vor, wenn er Mo fände!« Sie verzog das Gesicht zu einer schauerlichen Fratze. »Wahrscheinlich würde er sie mit der bloßen Hand zerquetschen!«

Milena schüttelte sich.

»Wir müssen woanders suchen!«

Aber es führte zu nichts. Im Gebüsch hinter dem Lehrerparkplatz war es nachts für Mo zu kalt, unter der Treppe, die zum Fahrradkeller führte, konnte man sie zu leicht sehen.

Milena hatte schon längst keine Lust mehr zu suchen, aber trotzdem trabte sie immer noch brav hinter Peffi her. Und dann entdeckte sie etwas: die Schuluhr! »Es ist halb zwei! Die Theatergruppe beginnt!«, rief Milena erlöst.

Peffi klang nicht ganz so glücklich. »Na ja«, meinte sie grummelnd »dann suchen wir eben morgen weiter.«

Weihnachtsmänner in Aktion

Im Neubau gab es einen richtigen kleinen Theaterraum mit Bühne und allem Drum und Dran. Hier traf sich die Theatergruppe. Als Peffi und Milena eintraten, saßen schon alle Kinder im Schneidersitz auf der Bühne. Zwei Mädchen winkten Peffi zu. Die eine war hoch aufgeschossen und mindestens 20 Zentimeter größer als Milena, das sah man ihr sogar im Sitzen an. Sie hatte kurze Haare und ein schmales Gesicht. Die andere trug einen braunen Zopf und eine Brille. Milena ging hinter Peffi her auf die beiden zu.

»Das sind Tammi und Sue aus meiner alten Schule!«, stellte Peffi vor. »Die sind echt nett«

Tammi, die Große, grinste. »Glaub ihr nicht!«, sagte sie. »Ich zum Beispiel bin ein echtes Monster!«

Milena musste kichern.

»Sie hat vor allem eine monstermäßige Riesenklappe!«, erwiderte Peffi. »Pass auf: Tammi kann ihren Mund nicht zwei Minuten geschlossen halten! Ganz im Gegensatz zu Sue!«

Milena sah das Mädchen mit dem Zopf an. Sie lächelte ihr freundlich zu, sagte aber nichts.

»Bei Sue weiß man nie, woran sie gerade denkt«, sagte Peffi. »Ich glaube, sie befindet sich den ganzen Tag im Land der Träume. Wahrscheinlich ist das die einzige Möglichkeit, Tammis ununterbrochenes Geplapper zu ertragen!«

Tammi schien Peffis Erläuterungen äußerst lustig zu finden. Sie prustete los und rutschte ein Stück zur Seite, damit Peffi und Milena sich setzen konnten.

Milena fand das wunderbar. Sie kam sich ein bisschen so vor, als ginge sie schon Jahre auf die Louisenthalschule.

Da öffnete sich die Tür und es wurde still. Ein Mann, der aussah wie eine Sonnenblume, trat ein. Auf einem langen, schlaksigen Körper wiegte sich ein großer, von gelbblonden Haarbüscheln umrahmter Kopf, der sein strahlendes Gesicht leicht nach unten wandte. Milena mochte ihn sofort.

»Willkommen zurück nach den Ferien!«, sagte Herr Fahrnbauer. »Es freut mich, dass wieder so viele dabei sind! Einige kenne ich ja schon aus dem vergangenen Jahr. In diesem Jahr werden wir ein kleines Stück für die Weihnachtsfeier vorbereiten. Das bedeutet: Wir haben nur vier Monate Zeit!« Er schwieg vielsagend. »Und in dieser Zeit müssen wir das Stück nicht nur einstudieren, sondern es uns auch selber ausdenken! Wir machen diesmal nämlich alles selber!«

Wie denn?, dachte Milena.

»Und damit die Ideen ein bisschen sprudeln, habe ich etwas mitgebracht.« Herr Fahrnbauer griff nach der Tasche neben sich, öffnete sie, langte hinein und zog ein weißes, wolliges Knäuel heraus. »Zehn Weihnachtsmannbärte!«

Die Kinder lachten.

»Ich möchte, dass ihr euch in Zweiergruppen zusammentut. Einer bekommt den Bart und ist der Weihnachtsmann. Wer der andere ist, müsst ihr euch ausdenken. Ihr bekommt eine halbe Stunde Zeit, eine kleine Szene zu entwickeln.« Herr Fahrnbauer stand auf, um die Bärte zu verteilen.

»Gehen wir zusammen, Peffi?«, rief Tammi. Milena fühlte einen brennenden Stich. Eigentlich hatte sie gehofft, mit Peffi eine Gruppe zu bilden. Sie fand auch, dass ihr das zustand, wenn sie sich schon für die eklige Maus einsetzte!

»Mmm«, machte Peffi. »Geh du doch mit Milena«, sagte sie zu Sue, die genauso sprachlos dastand wie Milena.

Milena spürte, wie sich ihr Magen zusammenzog und sie wütend wurde. Sie kam sich vor wie ein Anhängsel, das Peffi aus Mitleid versorgte. Aber – es war wie immer – sie sagte nichts.

»Spielt, was ihr wollt!«, betonte Herr Fahrnbauer. »Es gibt keinerlei Einschränkungen! Lasst eurer Fantasie freien Lauf!«

Keine Einschränkung? Milena spürte, dass es da eine Möglichkeit gab, die ganze Wut loszuwerden. Sie würde kein Kind spielen, das brav unterm Weihnachtsbaum wartete, bis die Geschenke kamen, sondern ein Straßenmädchen, das den Weihnachtsmann ausraubte! Nicht weil es die Geschenke selber wollte! Sondern weil es sie an andere hungerleidende arme Straßenkinder weitergeben würde! Milena würde den Weihnachtsmann schimpfen und ihm vorhalten, wie er gerechter handeln könnte! Oh! Milena war richtig gerührt von der Selbstlosigkeit des Mädchens.

»Also fangt an!«, rief Herr Fahrnbauer.

Sue stand neben Milena und sagte kein Wort. Milena erklärte ihren Plan – und plötzlich öffnete Sue den Mund. »Das ist super: ein Weihnachtsmann, der überfallen wird!« Ihre Augen hinter der Brille glänzten. »Aber hau mich nicht zu doll!«

Sie fingen gleich an zu proben. Sue schnallte sich den Bart um, tat so, als schultere sie einen Sack, und spazierte – ein Weihnachtslied pfeifend – durch den Zuschauerraum. Milena versteckte sich hinter den Stühlen, die an der Seite gestapelt waren, und stürzte genau in dem Moment hervor, als Sue vorbeikam. Sie baute sich vor dem Weihnachtsmann auf. »Für wen sind die Geschenke?«, fragte sie drohend.

»Für die Kinder in den Häusern dorthinten!«, antwortete Sue.

»Aber diese Kinder haben schon genug, sie brauchen keine Geschenke! Gib den Sack her, ich verteile alles an Kinder, die es wirklich brauchen!« Milena genoss es sehr, so mutig und stark zu sein!

»Nein«, sagte Sue. »Ich habe hier ja eine Liste mit den Adressen. Da muss ich hin!«

»Findest du nicht, dass wenigstens der Weihnachtsmann für ein bisschen Gerechtigkeit auf dieser Erde sorgen sollte?«, rief Milena mit Inbrunst. Und als Sue keine Antwort einfiel, stürzte sie sich mit Geheul auf sie, zog ihr den Bart vom Kinn und nahm ihr schließlich auch noch den Sack weg. Sue rannte – sich immer wieder ängstlich umblickend – Richtung Tür.

Nach zwei Sekunden kam sie zurück und rief begeistert. »Das war super! Los, wir probieren es gleich noch einmal!«

Milena wurde es ganz warm. Sie spürte, dass Sue es ernst meinte, und sie wusste, dass sie nicht nur toll Theater gespielt, sondern auch eine Freundin gewonnen hatte.

Sie probten die Szene bestimmt fünf Mal. Währenddessen schlenderte Herr Fahrnbauer durchs Zimmer und besah sich, was die einzelnen Gruppen so einstudierten. Nach einer halben Stunde klatschte er in die Hände.

»So, prima, das genügt für heute. Ich bin herumgegangen und habe mir alles angesehen. Zwei Figuren gefallen mir besonders gut. Und ich würde sagen, um diese zwei Figuren herum entwickeln wir unser Stück.« Alle sahen ihn gebannt an. Wen meinte er?

»Diese zwei sollen jetzt mal nach vorne kommen und zeigen, was sie sich ausgedacht haben.« Er ließ seinen Blick über die Kinder schweifen. An Peffi blieb er hängen: »Du!«, sagte er. »Du hast doch diesen missgelaunten, beleidigten Weihnachtsmann gespielt. Das war sehr lustig, komm bitte nach vorne.«

Peffi ging vor. Der Blick des Lehrers wanderte weiter. Er näherte sich Milena. Vielleicht war ja sie die zweite? Aber nein. Milena sank ein wenig enttäuscht in sich zusammen.

»Ja, wo ist sie denn?«, hörte sie Herrn Fahrnbauers Stimme. »Wo ist denn das kleine wilde Straßenmädchen, das den Weihnachtsmann so tapfer zur Rede stellt?«

Das Straßenmädchen? War da noch jemand auf ihre Idee gekommen? Milena sah sich um. Da spürte sie Sues Ellenbogen. »Das bist doch du!«

Das war sie! Herr Fahrnbauer meinte sie! Er hatte sie nur übersehen. Mit vor Glück zitternden Knien ging sie nach vorne zu Peffi.

Herr Fahrnbauer lächelte ihr anerkennend zu. »So«, sagte er. »Ihr habt zwar nicht zusammen geprobt, aber eure Rollen passen sehr gut zusammen. Sprecht euch kurz ab und spielt dann einfach mal vor, was ihr euch ausgedacht habt!«

Peffi und Milena grinsten sich an. »Wie sollen wir es machen?«, fragte Peffi. Milena erklärte kurz den Ablauf ihrer Szene und dann versteckte sie sich wieder hinter den Stühlen. Sie konzentrierte sich ganz auf das tapfere Straßenmädchen. Sie stürmte aus ihrem Versteck hervor. Sie war wild und gefährlich. Und als sie dem Weihnachtsmann schließlich den Sack abgenommen hatte, klatschte die ganze Theatergruppe.

»Prima!«, lobte Herr Fahrnbauer. »Also: Milena und Peffi haben die Hauptrollen! Ihr seid alle aufgerufen, euch zu überlegen, was diesen beiden Figuren im Laufe des Stückes noch passieren kann!«

Peffi und Milena strahlten sich an. Sue und Tammi stürzten auf sie zu. »Ihr wart klasse!«, rief Tammi. Milena und Peffi nickten stolz. Jetzt sah Peffi Milena an. »Du warst richtig furchterregend. So wild und mutig. Hätte ich nie gedacht, dass du das kannst. Sonst wirkst du ja immer so schüchtern.«

Wild und mutig, hallte es in Milena nach. Sie war wild und mutig gewesen – und wenn sie das auf der Bühne schaffte, dann musste es doch auch im echten Leben gehen!

Tammi und Sue verabschiedeten sich und marschierten unter Tammis stetem Geplapper zu ihrem Klassenzimmer. Kaum waren sie um die Ecke gebogen, da griff Peffi Milena aufgeregt am Arm. »Aber das Allerbeste kann ich nur dir sagen!«

»Was denn?«

»Ich habe das ideale Maus-Versteck gefunden!«

»Was? Wann denn? Du warst doch die ganze Zeit in der Theatergruppe?«, gab Milena verblüfft zurück.

»Genau! Und da hast du mich in die richtige Richtung gejagt, du furchterregendes Straßenmädchen!«

Milena verstand immer noch nicht.

»Als ich vor dir geflüchtet bin! Da bin ich doch auf den hinteren Teil der Bühne gerannt! Zwischen die alten Kulissen! Und ich sage dir: Da steht so viel Gerümpel, da lässt sich locker ein Mäusekäfig verstecken!«

»Echt?«

Peffi nickte aufgeregt. »Am besten bringen wir Mo gleich morgen dorthin!«

Milena nickte.

»Du stehst Schmiere und ich trage den Käfig rein!«

Milena nickte wieder. Wohl war ihr nicht dabei.

Schmiere stehen! In einem Gang, in dem jeden Moment der Hausmeister auftauchen konnte! Sei wild und mutig!, sagte sie sich. Aber tief in ihrem Innern spürte sie, dass jetzt eigentlich Punkt drei an der Reihe wäre: Aufgabe des Plans wegen Mutlosigkeit.

Total allein

Zu Hause warf sie ihren Rucksack unter die Garderobe und rannte dann sofort wieder aus dem Haus.

»Mini?«, hörte sie ihre Mutter, aber dieses Mal ließ sie sich nicht aufhalten. Sie kroch durch das Loch in der Hecke, rannte zu Kirchbergs Haustür und klingelte. Sie wollte unbedingt mit Sarah sprechen. Über die Sache mit der Maus, über die Theatergruppe, über alles!

Frau Bach öffnete. »Hallo!«, sagte Milena schnell und wollte sich an der Haushälterin vorbei zur Treppe drängen.

»Halt! Mini! Nicht so schnell. Sarah ist gar nicht da!«

»Wieso?«

»Sie ist erst bei Kim und danach hat sie Klavierstunde.«

Bei Kim! Milenas Hals wurde ganz eng. Was hatte denn das zu bedeuten? Wurde Kim jetzt Sarahs beste Freundin? Auf einmal musste sie es sich ganz genau vorstellen: wie Kim mit ihren kurzen braunen Haaren die Treppe zu Sarahs Zimmer hinaufsprang. Wie sie sich in den Korbsessel setzte, der doch eigentlich Milenas Stammplatz war. Wie sie mit Sarah zu Frau Bach in die Küche stürmte und frisch gebackenen Kuchen verspeiste. Kim! Dabei waren das alles Sachen, die eigentlich für Milena reserviert waren!

Milena stand ganz starr im Eingang zu Kirchbergs Haus. Alles, was sie Sarah gerade so dringend hatte erzählen wollen, wurde unwichtig. Es ging um etwas ganz anderes! Sie musste dafür sorgen, dass sie wieder mit Sarah in eine Klasse kam! Und zwar schnell! Womit verplemperte sie eigentlich ihre Zeit?

»Mini Mäuschen? Hat dich der Schlag getroffen?«

Milena schüttelte heftig den Kopf. »Tschüss«, rief sie und kroch schnell wieder durch das Loch zurück. Sie nahm ihren Rucksack mit in ihr Zimmer, zog die Liste aus dem Mathematikheft und steckte grübelnd den Stift zwischen die Lippen. Was gab es noch für Möglichkeiten, von der Schule geworfen zu werden?

»Bitte, liebe Einfälle, kommt!«, flüsterte sie. Aber jetzt, wo es wirklich dringend war, begann es nicht, in ihrem Körper zu kribbeln. Keine Ideen sprudelten. Es kam nur Quatsch: auf den Tischen tanzen, das Schultor zumauern, die Maus im Lehrerzimmer freilassen. Nichts davon schrieb sie auf. Entweder waren die Sachen nicht verboten genug

oder gleich so schlimm, dass Milena sie nicht machen wollte.

Bis zum Abendessen war die Liste kein bisschen länger geworden. Nur breiter. Es gab jetzt noch eine neue, sehr betrübliche Spalte: »Schwierigkeiten« stand darüber. Und weil Milena so viele eingefallen waren, dass sie unmöglich alle hatte aufschreiben können, war die Spalte erst einmal leer geblieben.

Als sie sich am nächsten Morgen den Toast schmierte, sah sie eigentlich nur noch eine Möglichkeit.

»Was ist eigentlich vebrale Gewaltausübung?«, fragte sie Uwe.

Er ließ die Zeitung sinken. »Kann es sein, dass du *verbale* Gewaltausübung meinst?«

Milena zuckte die Schultern.

»Also, das ist Gewalt mit Worten. Wenn man jemanden verletzt, durch das, was man sagt.«

»Du meinst, wenn man jemandem so richtig böse Sachen an den Kopf schleudert?«

Uwe nickte.

Milena spürte, wie sie das letzte bisschen Hoffnung verließ. Wenn sie etwas nicht konnte, dann war es *verbale Gewaltausübung*, so viel war klar.

Trübselig saß sie im Bus. Er kam ihr vor wie eine große Maschine, die Milena aus dem Weg räumte, damit Kim und Sarah sich ungestört treffen konnten. Wahrscheinlich hatten sie sich für einen gemeinsamen Schulweg verabredet und nachher in der großen Pause würden sie zusammen zwei Nussschnecken kaufen, während Milena im Gang der Louisenthalschule Schmiere stehen musste! Für eine eklige Maus!

Wenig später schlappte sie ins Klassenzimmer und sah missmutig zu Peffis Bank. Musste sie jetzt beim Maus-Umzug helfen? Aber Peffis Stuhl war leer. Sie war wegen einer schweren Erkältung entschuldigt.

Immerhin etwas, dachte Milena zuerst. Aber dann fühlte sie sich ohne Peffi ziemlich allein. In der großen Pause sah sie Tammi und Sue. Die beiden saßen auf einer Bank und quatschten. Besser gesagt: Tammi quatschte und Sue schaute verträumt in der Gegend herum. »Hallo!«, rief Milena erfreut. Tammi und Sue hoben die Köpfe und riefen freundlich: »Hallo!« Dann quatschten sie weiter.

Milena blieb unschlüssig stehen. Eine Einladung, sich dazuzusetzen, war das ja wohl kaum gewesen. Sie drehte um und ging aufs Klo.

In der Mittagspause fragte sie Simon Jakob, ob er mit ihr zum Essen ginge. »Nee«, sagte er freundlich und öffnete seine Aktentasche. »Ich hab mir extra ein Brot mitgenommen, damit ich die ganze Mittagspause im Computerraum Schach spielen kann!«

Milena trottete alleine in die Mensa. Sie fand nur noch einen Platz an einem Tisch mit großen Jungs. Da schaufelte sie dann die Spaghetti in sich hinein und sehnte sich nach Sarah!

Wenn Sarah auf die Louisenthalschule ginge, dann wäre alles gut. Dann hätte sie ein Freundin – und zwar eine ohne Maus. Und außerdem könnte Sarah sich dann nicht mit Kim befreunden. Was die beiden jetzt wohl gerade machten?! Vielleicht aß Kim ja bei Sarah zu Mittag! Oder sie hatten sich für den Nachmittag verabredet! Heute war Donnerstag und donnerstags war Teenie-Treff im Jugendklub. Da durften schon Zehnjährige hin!

Peffi ließ die Hälfte der Spaghetti liegen, so eng wurde ihr Hals.

Als sie die Gabel beiseitegelegt hatte, wusste sie nicht, was tun. Die Theatergruppe traf sich erst wieder am Mittwoch. Sie hätte in die Schülerbücherei gehen können oder in die Turnhalle zum Ballspielen oder sonst irgendetwas. Aber alleine?

Die Jungs standen auf und gingen und auch die anderen Tische leerten sich. Irgendwann saß nur noch Milena in dem großen Raum. Da kam jemand zu ihr.

Es war die freundliche, dunkelhaarige Frau, die ihr vorhin die Spaghetti auf den Teller geladen hatte. Sie trug Schürze und Kochmütze und stützte jetzt die Hände auf Milenas Tisch. Schnell beugte sich Milena über ihren Teller.

»Noch nicht fertig?«

»Doch, doch«, antwortete Milena und beeilte sich, ihr Geschirr aufs Tablett zu räumen.

»Warum sitzt du noch hier? Stimmt etwas nicht?«

Jetzt sah Milena auf. Sie blickte in zwei warme dunkle Augen. Das Gesicht drum herum glich einem leckeren Apfel: prall und rotbackig. Am liebsten wollte man es anfassen.

»Na ja«, druckste Milena herum, »nur so.«

Die Frau lächelte freundlich und ihre Wangen

wurden dabei noch ein bisschen praller und glänzender. »Bist wohl neu?«

»Ja«, murmelte Milena, »in der 5b.«

»Hast noch keine Freundin?«

»Hmm, vielleicht schon, aber sie ist krank.«

Die Frau zog sich einen Stuhl vor und setzte sich neben Milena: »Ich bin Frau Yüksel, die Köchin. Und du?«

»Milena. Milena Weinlaub.«

»Und jetzt willst du hier sitzen bleiben, bis deine Freundin wieder gesund ist?«

Milena musste lachen. »Nein, natürlich nicht!« Sie stand auf und wollte gehen.

»Du kannst ruhig bleiben. Du störst nicht. Wir müssen nur noch in der Küche aufräumen. Wenn du willst, kannst du mitkommen und uns ein wenig Gesellschaft leisten.«

Milena wollte. Sogar sehr gern. Bei Frau Yüksel fühlte sie sich irgendwie so aufgehoben. Hier musste sie nicht wild und mutig wirken. Sie ging hinter Frau Yüksel her und setzte sich in der Küche auf eine Arbeitsfläche. Zwei andere Frauen mit weißen Schürzen und Hauben brachten auf einem Wagen das dreckige Geschirr herbei und räumten es in riesige Spülmaschinen.

Frau Yüksel nickte ihnen zu und wandte sich wieder an Milena. »Und sonst? Wie gefällt es dir? Ist niemand sonst aus deiner alten Klasse mit auf unsere Schule gekommen?«

Milena schüttelte den Kopf. Frau Yüksel reichte ihr eine Schale mit Keksen. »Vermisst du deine alten Freundinnen?«

Milena nickte. »Vor allem eine: Sarah!« Es tat gut, darüber zu reden, und das Beste war, dass Frau Yüksel sie verstand. Sie wiegelte nicht ab und sagte: »Bestimmt findest du bald neue Freundinnen«, sondern sie legte die Stirn in Falten und wiegte den Kopf hin und her.

»Ja, das ist nicht leicht«, meinte Frau Yüksel. »Hülya hatte auch eine andere Freundin.«

»Wer ist Hülya?«

»Meine Tochter. Sie geht auch hier zur Schule. In die elfte Klasse.« Frau Yüksel verstaute klappernd riesige Metallschüsseln im Schrank und sah Milena dann lächelnd an. »Ihr gefällt es sehr gut.«

»Was ist mit ihrer Freundin?«

»Mit Johanna? Die beiden sind immer noch gut befreundet. Sie sehen sich am Abend oder am Wochenende. Vielleicht könntest du das mit deiner Freundin auch so machen?«

Am Abend und am Wochenende, dachte Milena. »Das ist nicht dasselbe.«

»Nein, dasselbe ist es nicht«, meinte Frau Yüksel. »Aber es muss ja nicht immer alles dasselbe bleiben.«

Beide schwiegen eine Weile. Milena nahm sich noch einen Keks.

Sie wollte aber, dass es dasselbe blieb!

»Na, du kannst sie ja auch selber fragen.« Frau Yüksel zeigte durch die geöffnete Küchentür hinaus in den Gang. Dort kam ein schlankes, großes Mädchen, mit langen, glatten schwarzen Haaren auf sie zu. Sie hatte die gleichen dunklen warmen Augen wie ihre Mutter, aber nicht die Spur von Apfelbacken. Hülyas Gesicht war schmal und sehr, sehr hübsch. Eigentlich kam es Milena so vor, als spaziere Hülya direkt aus einer Fensehserie in den Gang der Louisenthalschule. Sie fand sie total super.

Frau Yüksel neigte sich grinsend zu Milena: »Sie besucht mich öfters in der Mittagspause. Wir dürfen uns nur nicht von Herrn Horn erwischen lassen!«

»Herr Horn?«

»Das ist der Hausmeister.«

»Wieso darf er es nicht wissen?«, fragte Milena erschrocken und dachte an die dunkel glimmenden Augen über den roten Hängebacken.

»Ach, da steht irgendwas in der Schulordnung, dass die Kinder auf gar keinen Fall in die Küche kommen dürfen.« Frau Yüksel wischte sich ihre Hände an der Schürze ab und nahm sich selber einen Keks. »Er schimpft dann fürchterlich und jagt Hülya wieder nach unten.«

Milena schaute erschrocken.

»Mach dir keine Sorgen«, lachte Frau Yüksel. »Ich mache gleich die Tür zu.«

Sie ließ Hülya hinein und zog dann die Tür ins Schloss. Milena fühlte sich sicher.

»Hallo, Mama«, sagte Hülya. »Nanu, heute hast du ja schon Gesellschaft.«

»Das ist Milena Weinlaub, aus der 5b. Sie kennt noch niemanden.«

»Na, jetzt kennst du immerhin schon mich und meine Mutter!«, lachte Hülya.

Milena fand es supergemütlich in der großen Küche. Sie nahm sich noch einen Keks, baumelte mit den Füßen und ließ sich von Hülya erklären, was alles gut war an der Louisenthalschule. »Zum Beispiel die Theatergruppe! Herr Fahrnbauer ist doch echt eine Wucht!«

Milena nickte aufgeregt und erzählte, dass sie in diesem Jahr die Hauptrolle hatte. Hülya und Frau Yüksel zeigten sich sehr beeindruckt. Milena berichtete von ihrer Idee mit dem Straßenmädchen und Hülya erzählte von dem Weihnachtsstück vor zwei Jahren, bei dem sie leider nur den zweiten Engel von rechts hatte spielen dürfen. Im Nu war die Mittagszeit um und Milena musste wieder in den Unterricht.

»Komm, ich zeige dir den Weg zurück. Am Anfang ist das ja alles noch fürchterlich verwirrend, mit diesen vielen Stockwerken und Gängen!«

Milena nickte. Sie hätte ihr Klassenzimmer zwar auch alleine gefunden, aber es war ein schönes Gefühl neben der großen schönen Hülya den Gang entlangzuschlendern.

»Wie war denn das mit Johanna?«, fragte sie.

»Weißt du«, antwortete Hülya. »Erst war ich total sauer auf meine Mutter, weil ich mit Johanna auf einer Schule bleiben wollte. Aber dann habe ich mit Johanna einen Pakt geschlossen. Wir haben einen richtigen Vertrag geschrieben, in dem stand, dass wir uns nicht auseinanderbringen lassen, sondern uns immer abends und am Wochenende treffen und uns alles erzählen, was wichtig ist. Den Vertrag haben wir dann feierlich unter einem Rosenbusch vergraben, uns jede in den Finger gestochen und einen Blutstropfen auf die Erde fallen lassen.« Hülya lächelte: »Und offensichtlich hat das geholfen.«

Milena nickte beeindruckt. »Vielleicht sollten wir das auch machen.«

»Na ja, das mit dem Blut finde ich mittlerweile ein bisschen albern.«

»Mhhmm«, machte Milena. Ihr hatte das eigentlich ganz gut gefallen. Aber natürlich war das nicht das Wichtigste. Sondern der Vertragstext! Milena hatte große Lust darauf, mit Sarah an so einem Text zu tüfteln . . .

Hülya begleitete sie bis zur Tür des Klassenzimmers. Aus den Augenwinkeln beobachtete Milena die anderen Kinder der 5b. Bekamen sie mit, dass sie schon eine 16-Jährige kannte?

»Also, tschüss dann, wir sehen uns ja sicher bald wieder!«, sagte Hülya. Und Milena bemerkte glücklich, dass Leonie den Abschied neugierig beobachtete.

Keine Zeit!

Abends und am Wochenende. Den ganzen restlichen Schultag über pulsierten diese vier Worte durch Milenas Kopf. Als sie bei der langweiligen Mathelehrerin Frau Gutzke Zahlen von der Tafel abschrieb, dachte sie: abends und am Wochenende! Als sie um 16:32 Uhr an der Bushaltstelle stand, dachte sie: abends und am Wochenende. Und als Milena schließlich daheim aus dem Bus stieg, war sie vollkommen überzeugt, dass das der richtige Weg war. Das mit dem Rauswurf klappte ja sowieso nicht.

Also würde sie es machen wie Hülya und mit Sarah einen geheimen Bund gründen oder einen

Schwur sprechen. Einen Schwur, dass kein anderes Mädchen jemals die beste Freundin werden würde! Dann konnte sich keine Kim und überhaupt niemand zwischen sie drängen. Milena kickte einen Kieselstein ins Gebüsch.

Heute war Donnerstag. Und nicht Kim, sondern sie würde mit Sarah zum »Teenie-Treff« gehen und dort über den Vertragstext ihres Geheimbundes beraten!

Milena setzte zum Spurt an. Sie rannte die letzten Meter nach Hause. Sie freute sich so sehr auf das Treffen mit Sarah!

Doch da machte ihre Mutter einen Strich durch die Rechnung.

»Gut, dass du kommst!«, rief Frau Weinlaub, als sie die Tür öffnete. »Ich muss dringend noch mal in die Agentur!« Sie drückte Milena Wölkchen in den Arm und griff nach ihrer Handtasche. »Pass bitte solange auf Marilou auf.«

»Ich hab aber gar keine Zeit!«, protestierte Milena so laut, dass Wölkchen zu weinen anfing.

Milenas Mutter hielt inne. »Wie bitte?«, fragte sie. »Wieso nicht?«

»Ich will mit Sarah zum Teenie-Treff!«

»Ach, immer euer Teenie-Treff, das ist doch nächste Woche wieder. Das kannst du doch einmal ausfallen lassen!«

Milenas Mutter unterbrach sich. Sie senkte die Stimme und sagte in viel freundlicherem Tonfall: »Bitte, Mini Mäuschen, es ist ganz dringend!«

»Ich bin nicht Mini Mäuschen und ich will zum Teenie-Treff!« Das klang laut und bestimmt.

Milenas Mutter schaute erstaunt. »Was ist denn los? So kenne ich dich ja gar nicht!«

Milena grinste. Jetzt war es ihr endlich einmal gelungen! Sie hatte ihrer Mutter widersprochen! Doch die Verwunderung in Mamas Augen blieb nur einen Wimpernschlag. Dann war dort nur noch Eile zu sehen. »Ich bezahle dich auch fürs Babysitten, hm?«

»Ich will kein Geld, ich will mit Sarah in den Jugendklub gehen!« Milena schleuderte ihrer Mutter die Worte entgegen. Jetzt, wo sie sich einmal traute, würde sie nicht so leicht aufgeben!

Die Stimme ihrer Mutter bekam einen verzweifelten Unterton. »Milena, bitte!!«

»Aber wann soll ich Sarah denn sehen? Den ganzen Tag sitze ich in dieser Louisenthalschule und abends muss ich auf Marilou aufpassen. Alles, alles mache ich – und dann darf ich nicht mal mit Sarah zum Teenie-Treff!«

Jetzt flossen die Tränen. Endlich war sie einmal mutig gewesen, endlich hatte sie widersprochen – und dann musste sie trotzdem babysitten! Milenas Mutter sah sie bestürzt an. Sie kniete sich vor ihr hin und umarmte sie. »Milena, so schlimm?«

Milena nickte, vor lauter Weinen konnte sie nicht mehr reden.

»Ja, was können wir denn da machen?«

Milena schniefte.

»Weißt du, was? Ich suche nach einer Babysitterin. Das verspreche ich dir. Du hast mir schon so viel geholfen. Und jetzt, wo ich Geld verdiene, gibt es keinen Grund dafür, dass du auf Wölkchen aufpassen musst. Das ist vorbei, für immer!«

Milena drückte ihr Gesicht fest in Mamas Bluse und ließ sich von den Schluchzern schütteln. Mama strich ihr sanft über den Rücken und Milena sog tief den ganz speziellen Mama-Geruch ein. Ein bisschen Parfüm, ein bisschen Kaffeeduft und noch etwas Drittes, Leckeres, das Milena ganz entfernt an Marzipan erinnerte.

Nie mehr babysitten, dachte sie, das war auch schon was.

Vielleicht klappte es ja dann mit »abends und am Wochenende«. Milena schniefte.

»Geht's jetzt besser?«, Mama richtete sich auf und griff nach dem Autoschlüssel. »Es ist das letzte Mal, versprochen!«

Milena wischte sich die Tränen ab und nickte.

Ihre Mutter rannte schon aus der Tür hinaus. Vor

der Garage drehte sie sich noch einmal um: »Ich bring uns auch was Gutes vom Metzger Brandner mit!«, rief sie.

Milena nahm Wölkchen an der Hand und ging mit ihr ins Wohnzimmer. Sie nahm den Hörer von der Station und wählte Sarahs Nummer.

»Kommst du mit zum Teenie-Treff?«, hörte sie Sarahs Stimme.

»Geht leider nicht, ich muss auf Marilou aufpassen.«

»Hmmm«, sagte Sarah, »aber morgen kommst du zu mir?«

Da spürte Milena einen Stich.

»Morgen geht nicht«, flüsterte sie tonlos ins Telefon, »da bin ich bei Papa.« So war das nämlich. Das hatte auch Hülya nicht bedacht. Milena ging nicht nur bis halb fünf zur Schule – sie verbrachte ja auch noch jedes zweite Wochenende bei ihrem Vater! Sie schluckte.

»Hmmm«, machte Sarah enttäuscht, »am Montag?«

»Am Montag. Ganz bestimmt!«

Gleich nach dem Abendessen, als Uwe Marilou ins Bett brachte, schrieb Milena gemeinsam mit ihrer Mutter Zettel.

»Wer hat Lust auf Babysitting? Zuverlässiges Mädchen gesucht. Familie Weinlaub-Dresen, Tel.: 83 44 56.« Milena würde einen davon in der Louisenthalschule aufhängen und Mama den Rest an verschiedenen Stellen in der Stadt. Milena fand es sehr gemütlich, mit ihrer Mutter am Esstisch zu sitzen und Zettel zu schreiben. Sie verzierte ihre sogar mit Blümchen und Schmetterlingen, damit die zukünftige Babysitterin gleich erkennen konnte, dass sie in eine nette Familie kam.

»Und wie war's bei dir?«, fragte Mama.

»Ganz o. k.«

»Wie sind die Lehrer?«

»Frau Meisner ist, glaube ich, ziemlich streng und die Gutzke käselangweilig. Aber Herr Fahrnbauer, der ist spitze!«

»Was unterrichtet er?«

»Er leitet die Theater AG! Weißt du, da wo ich die Hauptrolle spiele!«

»Ach so, die Geschichte mit dem Weihnachtsmann.« Milenas Mutter lächelte und schob sich dann nachdenklich eine Haarsträhne aus der Stirn. »Ich hatte auch mal einen Lehrer, bei dem wir Theater gespielt haben. Den fand ich so großartig, dass ich selbst Lehrerin werden wollte!« Sie grinste Milena an. »Aber dann ...« Sie brach ab.

Milena schaute erstaunt auf. Was hatte sie gemeint mit dem »Aber dann ...«?

Mama seufzte: »... dann bin ich ja von der Schule geflogen.« Milena war ganz verwirrt. So hatte Mama noch nie geguckt, wenn sie davon erzählte. Fand sie es vielleicht gar nicht so lustig?

»Mama?«, fragte Milena.

»Ja?«

»Weswegen hat man dich denn von der Schule geworfen?«

Milenas Mutter ließ den Stift sinken. Sie sah Milena in die Augen und schwieg eine ganze Weile. Dann holte sie tief Luft.

»Ich habe zu viel geschwänzt. Ich bin einfach nicht in die Schule gegangen. Mehrere Tage nicht – bis sie mich rausgeworfen haben.«

Nicht hingegangen! Milena blieb der Mund offen

stehen. Dass sie da noch nicht draufgekommen war! Das war ja die einfachste aller Möglichkeiten!

»Milena?« Die Stimme ihre Mutter klang weit entfernt. »Ist was?«

Schnell schüttelte Milena den Kopf. »Nein, gar nichts.« Aber als sie jetzt weiter ihre Zettel verzierte, wurde ihr ein bisschen schwummrig. Wenn sie da gleich draufgekommen wäre! Dann hätte sie ganz einfach . . .

Aber nein. Jetzt wollte sie es so machen, wie Hülya ihr geraten hatte. Der verbotenste Plan aller Zeiten hatte ausgedient. Der Geheimbund war besser.

Der Abenteuer-Glückstag

Am Freitagmorgen heftete Milena als Allererstes den Zettel ans Schwarze Brett. Es war ein gutes Gefühl: Bestimmt würde sich bald jemand melden. Sie trat einen Schritt zurück, um besser zu sehen, wie der Zettel wirkte. Prima! So fröhlich mit den Blumen und Schmetterlingen! Milena wandte sich zufrieden um.

Sie hatte ganz stark das Gefühl, dass heute ein Glückstag sein würde.

Noch vor der Tür des Klassenzimmers traf sie Peffi. Sie trug einen dicken Schal um den Hals, wirkte aber ansonsten quicklebendig und winkte Milena aufgeregt zu sich.

»Hallo!«, krächzte sie mit einer Erkältungsstimme, die überhaupt nicht zu ihren fröhlich blitzenden Augen passte. »Ich hab den Käfig jetzt erst mal im Gebüsch hinter der Turnhalle versteckt – du weißt schon, wo. Von dort aus können wir ihn in der Pause heimlich zum Seiteneingang tragen!«

Milenas Glückskribbeln wurde zu einem ängstlichen Schaudern. Jetzt mussten sie es tatsächlich tun!

»Wie hast du die Maus überhaupt hierherkriegt?«

»Sag nicht immer die Maus, das klingt so unpersönlich!«, beschwerte sich Peffi. »Sie heißt Mo!«

»Und wie hast du Mo hierhergekriegt?«

»Anton hat mir geholfen. Mein Bruder. Wir haben den Käfig auf seinem Skateboard hergeschoben.«

»Hat euch niemand gesehen?«

»Wir sind hinten rum – durch den Park ...«, weiter kam Peffi nicht, denn jetzt tönte das Tock-tock-tock von Frau Meisners Schuhen durch den Gang. Schnell huschten die beiden Mädchen ins Klassenzimmer. Gleich darauf trat die Lehrerin ein. »Guten

Morgen!«, sagte sie und es klang wie »Wenn ich noch einen Mucks höre, dann setzt es was!«.

Milena konnte nicht aufpassen. Sie war so aufgeregt! Sie freute sich und sie fürchtete sich, und was »Ich möchte bitte ein Pfund Erbsen kaufen« auf Englisch hieß, interessierte sie nicht die Bohne. Gleich zwei Mal musste ihr Simon in letzter Minute aus der Patsche helfen, sonst hätte Frau Meisner sie bestimmt aufgefressen.

Als es endlich zur großen Pause läutete, schlichen Milena und Peffi so leise wie zwei Indianer den Gang hinunter in den Pausenhof – obwohl das ja noch gar nicht verboten war. Erst alles Folgende: Sie huschten zum Gebüsch bei der Turnhalle. Peffi bog ein paar Zweige zur Seite und Milena sah den Käfig. Sie erschrak. »Der ist ja so groß wie meine kleine Schwester!«

»Mäuse brauchen das!«, verkündete Peffi ungerührt. »Ein Käfig muss mehrere Stockwerke haben, denn sie klettern so gern!«

Milena nickte verdattert. Das konnte ja sein – aber wie sollten sie dieses riesige Teil unauffällig zum Seiteneingang bugsieren? Das waren ungefähr zwanzig Meter – und ungefähr fünfhundert Schüler standen auf dem Pausenhof herum, von dem aus sie alles bestens beobachten konnten!

»Am besten gehen wir hinter dem Lehrerparkplatz entlang – dann müsste es gehen!«, wisperte Peffi.

»Mmm«, brummte Milena. Konnte sein. Wenn sie viel Glück hatten.

»Ich schiebe den Käfig und du läufst neben mir her und tust einfach so, als würden wir uns unterhalten!«

Es klappte! Niemand achtete auf die zwei Mädchen, die scheinbar nur dahinschlenderten. Am Seiteneingang angekommen, stellten sie sich so vor den Käfig, dass ihn keiner sehen konnte, und verschnauften.

Milena wurde es flau im Magen. Jetzt kam der richtig verbotene Part.

»Geh du rein. Schau, ob die Luft rein ist, und halt mir dann die Tür auf!«, meinte Peffi.

Allein? Ins Schulhaus? Milena wollte nicht.

»Kannst du den Käfig überhaupt tragen?«, fragte sie, um Zeit zu gewinnen.

Peffi nickte entschlossen.

»Mmmh.«

»Was ist?«

Sollte sie es sagen? Sollte sie sagen, dass sie sich nicht traute? Milena schöpfte Atem: »Weißt du ...«

»Was ist? Traust du dich nicht?«

»Doch!«, sagte Milena. Sie wusste nicht mehr, was schlimmer war: zuzugeben, dass sie sich fürchtete oder alleine in den Schulgang zu schleichen. Sie wünschte sich nichts sehnlicher als einen Engel, der sie hier rausholte. Sie legte die Hand auf die Klinke. Da hörte sie eine Stimme. War es der Engel?

Die Stimme rief: »Milena!«

Sie drehte sich um.

»Milena Weinlaub!« Ein großes schlankes Mädchen mit langen dunklen Haaren kam auf sie zu, sie schwenkte einen Zettel in der Hand. Es war Hülya.

Milena und Peffi sahen sich an. Peffis Augen begannen, nervös zu flackern. »Los, geh zu ihr, bevor sie hier ist und den Käfig entdeckt!«, zischte sie.

»Meinst du …«

»Ja, schnell!«

Milena ging auf Hülya zu.

»Schneller!«, hörte sie Peffis Stimme hinter sich.

Milena rannte.

»Hallo, Milena, sag mal, ist der Zettel von euch?«

»Was? Wie?« Milena verstand nicht, was Hülya von ihr wollte. Hektisch hakte sie sich bei ihr unter und zerrte sie in die andere Richtung. Als Milena einen kurzen Blick zurückwarf, sah sie, wie ein Mäusekäfig durch den Seiteneingang ins Schulhaus hineinschwankte. Von Peffi waren nur die dünnen Beine zu sehen.

Erst als die Tür zufiel, sah Milena zu Hülya auf. »Was ist los?«

Hülya streckte ihr den Blümchen-Schmetterling-Zettel entgegen. »Hier: Ist der von euch?«

Milena strahlte: »Ja, das sind wir! Meine Mutter sucht jemanden, der auf Wölkchen aufpasst – meine kleine Schwester. Sie ist echt süß!«

»Und meinst du, sie würde mich nehmen?«, fragte Hülya.

»Aber klar!«, rief Milena. Sie freute sich riesig. Besser hätte es ja gar nicht kommen können!

»Gut, dann rufe ich nachher mal an. Ich frage nur noch meine Mutter, was sie von der Idee hält.« Ohne zu zögern, marschierte Hülya auf den Haupteingang der Schule zu.

»Du willst da rein – jetzt?«, fragte Milena. »Wenn Herr Horn dich erwischt, dann zerreißt er dich in der Luft!«

Hülya grinste. »Wenn er mich erwischen würde!«, antwortete sie. »Aber zufällig habe ich gesehen, wie er vor fünf Minuten mit dem Auto davongefahren ist!« Sie zwinkerte Milena zu. »Was ist? Kommst du mit?«

Milena wollte schon nicken. Doch dann wurde ihr klar, was das alles bedeutete. »Ach nee, keine Zeit!«, haspelte sie. »Ich muss ganz dringend zu einer Freundin!« Sie drehte sich um, winkte Hülya kurz zu und raste dann zum Seiteneingang zurück.

Das Treppenhaus war leer. Milena sprang in den ersten Stock hinauf und schlüpfte in den Gang. Gleich die erste Tür links führte in den Theaterraum. Sie stürmte hinein.

Der Raum war leer.

»Peffi?«, rief sie in die Richtung der alten Kulissen.

Jetzt tauchte aus dem Gerümpel ein Wuschelkopf auf. Peffi grinste – allerdings etwas unsicher, man merkte ihr den Schreck an, den sie bekommen hatte, als sich die Tür geöffnet hatte.

»Milena? Du?«

»Ja, klar«, sagte Milena lässig.

Peffi staunte und sagte voller Respekt: »Dass du dich noch getraut hast – echt, das finde ich klasse!«

Das anschließende Wochenende verging wie im Flug. Wenn Milena bei ihrem Vater war, fühlte es sich jedes Mal ein bisschen an wie Ferien. Die Welt roch nach Sonnencreme und Himbeereis. Sie gingen baden, schauten abends einen langen Film und frühstückten im Schlafanzug. Das einzig Blöde an diesen Wochenenden war die Hektik am Montagmorgen. Sie schafften es nie, pünktlich aufzustehen. Auch dieses Mal musste Milena ohne Frühstück in den Polo ihres Vaters steigen, in dem er dann zur Schule raste.

»Fahr nicht so schnell!«, moserte sie.

»Aber du willst doch pünktlich sein!«

»Lieber lebendig als pünktlich!«

Da sagte ihr Vater nichts mehr.

In der Mittagszeit schlichen Peffi und Milena zum Theateraum. Das war nicht weiter aufregend. Denn der erste Stock des Neubaus war in der Mittagszeit geöffnet: Hier lagen Schülerbücherei, Musikübungsräume, Unterstufenzimmer – all die Räume eben, in denen die Mittagsangebote stattfanden.

Der Theaterraum war leer. Peffi und Milena krochen zwischen die alten Kulissen. In einem Vulkan aus Pappmaschee steckte der Mäusekäfig. Mo war nicht zu sehen, wahrscheinlich schlief sie. Aber als

Peffi jetzt leise »Kleine Mo!« flüsterte, streckte sie tatsächlich ihre Schnauze heraus und blinzelte verschlafen ins Licht. Richtig süß! Das fand sogar Milena.

Bestens gelaunt kroch Milena abends durch das Loch hinter dem Komposthaufen. Sie überhörte Frau Bachs »Hallo, Mini« und sprang die Stufen zu Sarah hinauf. War das schön, wieder bei ihr im Korbsessel zu sitzen! Sie legte die Arme auf die Lehne und genoss das Gefühl, dass Kim jetzt keinen Platz hatte.

»Stell dir vor, Hülya wird bei uns Babysitterin!«, sagte sie.

»Hülya? Wer ist denn das?«

»Na, die Tochter von Frau Yüksel! Habe ich dir noch nie von ihr erzählt?«

Sarah schüttelte den Kopf. Es kam Milena total

komisch vor, dass ihre beste Freundin nicht wusste, wer Frau Yüksel und Hülya waren.

Milena begann sofort zu erzählen: wie sie Frau Yüksel kennengelernt und bei ihr in der Küche Gelee-Kekse gefuttert hatte. Dass Peffi so lustig war und sie die Hauptrollen in der Theater AG bekommen hatten. Dass Tammi und Sue auch mitmachten und dass in der 5b zumindest ein netter Junge war. Sie wollte gerade anfangen, auch noch die ganze Geschichte mit Mo zu schildern, da fiel ihr auf, dass Sarahs Augen immer trauriger wurden.

»Was hast du denn?«, fragte Milena. Eigentlich hatte sie gehofft, dass Sarah ihre Begeisterung teilen würde.

»Du hast es gut an der Louisenthalschule«, flüsterte Sarah.

Was sollte denn das jetzt bedeuten? »Aber du hast es doch viel besser! Du gehst mit unseren Freundinnen aufs Goethe-Gymnasium! Mit Sophie und Larissa – und Kim!«

»Unsere Freundinnen!«, wiederholte Sarah bitter. »Wer soll denn das sein?« Sie sah Milena an. »Du! Du bist meine Freundin! Sophie und Larissa fand ich noch nie so nett und Kim ist ja ganz dick mit Laura befreundet. Die wollen mich nicht dabeihaben! Und das Mädchen, das neben mir sitzt, Luise, hat eine beste Freundin in der Parallelklasse. Ach, Milena, ich bräuchte dich! Ich komm mir total alleine vor!«

»Ehrlich?« Milena konnte das nicht fassen. »Aber hast du dich nicht vorgestern mit Kim getroffen?«

Sarah machte eine unwillige Handbewegung. »Ach, das war doch nur wegen einer Hausaufgabe, die wir zusammen machen mussten.« Sie rutschte näher zum Korbsessel. »Und nachmittags bist du auch nicht da! Es ist richtig blöd!«

Dass es Sarah am Goethe-Gymnasium nicht gefallen konnte – darauf wäre sie nie gekommen. Und dass sie Milena so vermisste! Unglaublich.

»Hülya hat auch eine beste Freundin, die nicht auf der Ganztagsschule ist, sie treffen sich abends und am Wochenende. Das können wir doch auch so machen.« Milena wollte von dem Vertrag erzählen, aber Sarah unterbrach sie.

»Ach, du weißt ja selbst, wie es ist«, sagte sie.

»Einmal bist du bei deinem Vater, dann habe ich Klavierstunde. Es reicht einfach nicht. Abends und am Wochenende reicht nicht.«

Sie hatte recht. Da half auch kein Geheim-Pakt. Milena sah ihre große schöne, kluge Freundin an. Sonst wusste sie immer, was zu tun war. Jetzt saß sie da, biss so fest auf die Lippen, dass sie ganz weiß wurden, und wirkte ratlos.

Eine Zeit lang blieben beide schweigend sitzen. Dann fuhr sich Sarah mit der Zunge über die Lippen. Sie sah Milena an. Ihre Augen leuchteten auf.

»Wenn abends und am Wochenende nicht reicht – wie wäre es dann mit nachts?«

Milena begriff nichts.

»Wenn wir den Mondscheinklub doch noch gründen?«

Jetzt war die Sache klar! Der Mondscheinklub! Das war die Lösung. Sie würden Mondscheinschwestern werden. Das war besser als jeder Vertrag mit Blutstropfen! Sie würden sich in dem Schlupfwinkel hinter dem Komposthaufen treffen und dort genug Zeit haben, sich alles zu erzählen, was wichtig war. Was für eine großartige Idee!

»Wann?«, fragte sie flüsternd, obwohl gar niemand da war, der sie hätte belauschen können.

»Heute Nacht!«, wisperte Sarah. »Um zwölf Uhr im Garten!«

Mondscheinklub, die zweite

In dieser Nacht träumte Milena einen wunderschönen Südseetraum. Die Palmblätter raschelten. Piep, piep, piep. Die Wellen plätscherten. Piep, piep, piep. Nur irgendetwas piepste ganz unangenehm. Kam das Geräusch aus den Palmblättern? Kam es aus dem Wasser? Vom Meeresgrund? Piep, piep, piep. Das Geräusch kam näher. Es war jetzt direkt unter Milenas Ohr. Nur das Kopfkissen lag noch dazwischen. Das Kopfkissen? Milena fuhr auf. Sie hatte den Wecker unters Kopfkissen gesteckt, damit Mama und Uwe ihn nicht hörten. Blitzschnell griff sie nach ihm und schaltete ihn aus. Zehn vor zwölf. Sie musste zum Mondscheinklub!

Sie warf die Decke zurück. War das kalt! Sie zog die Decke wieder hoch. Sie wollte sich nur noch ein bisschen einkuscheln, bevor sie sich auf den Weg machte! Auf den Weg in die Nacht ...

Das Mondlicht schien zum Fenster herein. Bleich beleuchtete es ihren Schreibtisch. Milena ließ den Blick durchs Zimmer schweifen. Huch! Ein Tier! Es lauerte neben dem Schreibtisch. Ach nein, das war ja nur der Kleiderhaufen auf dem Stuhl. Oder?

Milena zog schnell ihre Nachttischschublade auf und nahm die Taschenlampe heraus. Sie knipste sie an. Der grelle Lichtkegel durchschnitt das Zimmer. Sie richtete ihn auf die Kleider. Da war kein Tier.

Aber um den Kegel herum sah nun alles viel dunkler aus. Schwarz. Tiefschwarz. Alles Mögliche konnte sich in dieser Dunkelheit verstecken.

Stell es dir nicht vor!, befahl sich Milena und streckte tapfer den Fuß aus dem Bett. Sie stand auf. Sie suchte nach ihren Schuhen, schlüpfte hinein.

Stell es dir nicht vor!, flüsterte sie. Dann schlich sie zur Tür. Draußen auf dem Gang knarzten die Dielen.

Das sind nur deine eigenen Schritte!, sagte sie sich. Aber ihr kam es so vor, als knarzte es auch vor und hinter ihr. Was konnte das sein?

Milena musste es schaffen, in den Garten zu gehen, hinter den Komposthaufen. Sie konnte Sarah jetzt nicht hängen lassen!

Sie war an der Treppe. Sie leuchtete hinunter. Ein Huschen im Flur – Milena fuhr herum. – Nein, das war nur der Vorhang.

Sie durfte sich nicht irremachen lassen von den Schatten und Geräuschen. Milena nahm die Taschenlampe fester in die Hand und tapste die Treppe

hinunter. In der Diele nahm sie ihre Jacke von der Garderobe und zog sie über den Schlafanzug. Tapfer ging sie bis zur Haustür und öffnete vorsichtig.

Dann schlug sie die Tür wieder zu, rannte zurück in ihr Bett, kroch mit Jacke und Schuhen unter die Decke und kniff die Augen so fest zu wie möglich.

Draußen, vor der Tür, kauerte jemand! Sie hatte es ganz deutlich gesehen! Ein hockender Mann, der sich zum Schutz eine Decke übergeworfen hatte! Und er hatte schauerlich knisternde Geräusche gemacht! Sollte sie Mama wecken? Wie konnte sie Sarah warnen?

Das Problem war, dass sich Milena nicht mehr unter ihrer Decke hervorwagte. Sie konnte niemandem Bescheid geben, niemanden warnen, sie konnte nur warten, bis das Zittern wieder nachließ. Wenn ihre Knie ihr wieder einigermaßen gehorchten, dann würde sie rüber zu Mama gehen. Sie würde diesen Kerl vertreiben und Sarah wäre in Sicherheit. Nur noch eine Minute oder zwei, dachte Milena ... bis sie nicht mehr so zitterte ...

»Mini! Aufstehen!«

Wie gewohnt griff Milena nach links, um das Kissen über ihren Kopf zu ziehen. Aber irgendetwas war anders. Ihr Schlafanzug war so unbequem. So dick und sperrig. Sie hatte ja die Jacke an! Wieso ...?

»Mini Mäuschen! Es ist Zeit!«

Mit einem Schlag war alles wieder da. Der Schatten des kauernden Mannes. Das eklige, knisternde Geräusch! Sarah!

Milena riss die Augen auf. Die Morgensonne erfüllte ihr Zimmer. Alles sah hell und freundlich aus. Sie sprang zum Fenster und schaute hinaus. Rund um den Komposthaufen wirkte alles ganz normal. Zum Glück! Halb beruhigt rannte sie die Treppe hinunter und öffnete die Haustür. Da sah sie ihn: nicht den lauernden Mörder, sondern den Buggy unter der Regenplane.

»Was ist los, Mini?«, rief Mama aus der Küche.

»Nichts! Ich wollte nur wissen, wie warm es draußen ist.«

Es war nur der Buggy gewesen! Zuerst musste Milena grinsen. Es war alles gar nicht schlimm.

Doch als sie sich gerade ganz der Erleichterung hingeben wollte, durchfuhr sie ein neues Gefühl: das schlechte Gewissen.

War Sarah am Treffpunkt gewesen? Hatte sie gewartet? Milena rannte zum Komposthaufen. Vor dem Loch in der Hecke lag eine Tafel Schokolade auf dem Boden. »Hast du verschlafen?«, stand in Sarahs schöner Handschrift darauf. »Süße Grüße, deine Mondscheinschwester!«

Sie war da gewesen. Sarah, ihre beste Freundin, die sich einsam fühlte und die sich mit ihr hatte treffen wollen, war gestern Nacht allein in den Garten geschlichen und hatte wer weiß wie lang hinter dem Komposthaufen gewartet. Und sie? Sie, Mini das Mäuschen, war in derselben Zeit einfach wieder eingeschlafen!

Milena ging hoch, zog sich an und schämte sich.

Sie hatte Sarah nachts im Garten sitzen lassen! Und das alles nur, weil sie so ängstlich war und sich nie, nie, nie traute, das auch zu tun, was sie sich ausdachte!

Sie traute sich nicht, Schmiere zu stehen. Sie traute sich nicht, zum Treffen des Mondscheinklubs zu kommen. Und von der Schule hatte sie sich bis jetzt auch nicht werfen lassen!

Sie war wütend. Wütend auf sich selbst. So sauer wie noch nie zuvor. Eigentlich war es ein Wunder, dass keine Wutwölkchen aus ihren Nasenlöchern qualmten.

Milena traut sich

Als Milena an diesem Morgen aus dem Bus stieg, schaute sie nicht nach rechts und nicht nach links. Sie hatte einen Entschluss gefasst. Sie würde ihr Mäuschen-Dasein beenden. Jetzt und für immer!

Drinnen hastete sie vier Stockwerke hinauf. Ihr blieb nicht viel Zeit. Sie musste es tun, solange sich dort unten vor dem Eingang die Schüler drängelten. Sonst war der ganze Auftritt nutzlos. Sie nahm die letzte Stufe, sauste um die Ecke, lief den Gang hinunter zu dem kleinen gefährlichen Balkon, der ihr schon am ersten Tag aufgefallen war. Jetzt würde sie sich aufs Geländer setzen und die Füße baumeln lassen!

Sie griff nach der Klinke, drückte fest – und hätte am liebsten laut aufgeschrien: Der Griff bewegte sich keinen Millimeter.

Nein! Das durfte nicht stimmen! Milena ruckelte und zerrte, aber es nutzte nichts. Die Tür war abgeschlossen. Zugesperrt. Es gab kein Durchkommen.

Fassungslos starrte sie durch die Scheibe. Auf der gegenüberliegenden Straßenseite konnte sie die herbeieilenden Schüler sehen. Wie jeden Morgen plauderten sie miteinander, lachten, grüßten sich. Keiner sah nach oben. Natürlich nicht. Es gab ja nichts zu sehen.

Benommen ging Milena zurück zur Treppe. Langsam schlich sie hinunter, zweimal wäre sie beinahe gestolpert, weil sie es vor lauter Enttäuschung nicht schaffte, auf die Stufen zu achten. Im Klassenzimmer ließ sie sich auf ihren Stuhl fallen. Sie hörte nicht, wie Simon Jakob besorgt fragte: »Ist dir nicht gut?« Sie bemerkte nicht, wie Frau Gutzke den Raum betrat, nicht, wie die Mathe-Stunde zu Ende ging und Englisch begann. Sie saß da und starrte dumpf vor sich hin.

Diddelititi, düddeldütütü.

Was war das? Der Ton war so ungewohnt, dass Milena aus ihre Starre erwachte. Wie alle anderen 28 Kinder drehte sie den Kopf zur vierten Reihe, aus der das Geräusch gekommen war.

Diddelititi, düddeldütütü.

Dort saß Peffi und wurde rot. Dann beugte sie sich hektisch über ihre Schultasche, öffnete sie, zog das Handy heraus, drückte nervös darauf herum und blickte schließlich so unschuldig wie möglich nach oben. Frau Meisner stand schon vor ihrer Bank.

Sie wippte von den Ballen auf die Zehenspitzen, sah ihr drohend in die Augen und zischte: »Gib mir das Telefon! Handys im Unterricht sind verboten.«

»Aber ich . . . «, begann Peffi.

»Kein Aber!«

»Es ist ein Versehen. Ich hab's einfach vergessen, weil ich ja sonst nie eines dabeihabe, aber heute . . .«

»Wird's bald!«

»Weil ich gleich nach der Schule meine Oma anrufen soll! Sie hat heute Geburtstag und ist abends nicht da!« Peffis Stimme klang verzweifelt. Milena meinte zu sehen, dass ihre Augen glänzten. Hatte Peffi Tränen in den Augen? Peffi? Die so stark und mutig war?

»Keine Ausreden!«

Frau Meisner streckte die Hand aus und Peffi legte das Handy hinein. Die Lehrerin nickte zufrieden. »Zu Hause machst du die Übungen 4a, b und c. Wenn du damit fertig bist, kannst du dir das Handy im Zimmer von Frau Dabelstein abholen.«

Von Frau Dabelstein! Die arme Peffi musste zu allem Überfluss auch noch zur Direktorin! War das gemein! Und nur weil sie vergessen hatte, das Handy in den Spind zu schließen.

Milena sah ungläubig zu, wie Frau Meisner mit dem Handy nach vorne marschierte und es in ihre Ledertasche gleiten ließ. Klar, sie wussten alle, dass Frau Meisner streng war. Aber so?!

Als die Stunde zu Ende war, bestürmte die ganze Klasse die arme Peffi. »Total gemein!«, riefen sie. Und: »Völlig daneben!« Peffi selbst sagte nichts. Sie packte nur ärgerlich ihre Sachen zusammen und ging nach draußen. Milena folgte ihr.

»Ganz schön fies!«, sagte sie zu Peffi.

Peffi schluckte. »Es ist nicht mal meins. Es gehört meiner Mutter, weil sie so dringend wollte, dass ich mich bei Oma melde!«

Milena nickte.

»Jetzt verstehe ich mich gerade mal wieder ein bisschen besser mit meiner Mutter, weil wir uns nicht mehr um Mo zanken – jetzt muss das passieren! Das gibt totalen Ärger, wenn ich ihr Handy nicht zurückbringe!«

Automatisch gingen die Mädchen hinter Frau Meisner her. Als müssten sie in der Nähe des Handys bleiben.

Frau Meisner ging die Treppen hinauf in den vierten Stock. Hier war das Sekretariat und gleich daneben Frau Dabelsteins Zimmer. Frau Meisner klopfte und verschwand hinter der Tür.

Milena und Peffi blieben auf dem Gang stehen und konnten sich nicht so recht entschließen, in den Hof zu gehen.

»Was macht ihr noch hier?« Herr Fahrnbauer bog um die Ecke. »Ab in den Hof!«, sagte er und grinste freundlich. Aber Milena und Peffi blieben.

Da öffnete sich die Tür von Frau Dabelsteins

Zimmer wieder. Die Direktorin kam – ganz in ein Gespräch mit Frau Meisner vertieft – heraus. Sie verschwanden in Richtung Lehrerzimmer.

Milena blieb der Mund offen stehen. Die Tür hinter sich hatte Fau Dabelstein nur zugezogen! Peffi und Milena starrten die Tür an. Da drinnen lag das Handy. Unbewacht und unverschlossen!

»Cool wäre es, jetzt einfach da reinzugehen und das Handy zu holen«, wisperte Peffi. »Aber das traut sich ja kein Mensch!«

»Doch«, sagte Milena. »Ich trau mich!«

Später fragte sich Milena oft, warum sie eigentlich gar keine Angst gehabt hatte. Aber tatsächlich fühlte sie sich frei und leicht, als sie in Frau Dabelsteins Zimmer marschierte. Sie war sich vollkommen sicher bei dem, was sie tat. Es war ganz einfach. Sie war groß und mutig und niemand konnte ihr Angst einjagen.

Sie ging ins Zimmer der Direktorin, am Schreibtisch vorbei zu dem großen getäfelten Schrank. Sie öffnete die Tür, hinter der die eingezogenen Gegenstände lagen. Peffis Handy lag ganz vorn. Sie nahm es zuallererst. Aber dann noch eine ganze Menge anderer Sachen: zwei Game-Boys, zehn Comichefte, drei angebrochene Tüten Gummibärchen und zwei Wasserpistolen. Dann konnte sie nichts mehr tragen. Sie ging zum Fenster, legte die Sachen aufs Fensterbrett und öffnete es. Gelächter und Geschrei tönten zu ihr herauf. Dort unten quasselten, tobten und lachten 500 Schüler durcheinander. Natürlich nahm keiner Notiz von einem Fenster, das sich im vierten Stock öffnete.

»Alle mal herhören!«, rief Milena, so laut sie konnte. Doch nur Tammi und Sue, die direkt unter ihr standen, bemerkten sie.

Immerhin! Milena holte tief Luft. »Passt auf!«, schrie sie. »Jetzt bekommen alle ihre Sachen zurück!«

Mittlerweile schauten schon eine ganze Menge Kinder nach oben. Milena ließ die erste Tüte Gummibärchen nach unten segeln.

Es wurde mucksmäuschenstill. Alle sahen zu ihr hinauf.

»Hier! Ich gebe euch alles zurück!«, rief Milena und warf die Spritzpistolen, dann die Comichefte

und die Gameboys. »Passt auf! Gut fangen! Jetzt kommen die Handys!«

Vorsichtig ließ sie Peffis Handy fallen. Tammi fing es auf. Die Kinder im Hof begannen, zu jubeln, zu klatschen, zu applaudieren.

Milena lief zum Schrank zurück und holte drei

Baseballkappen, ein Kartenspiel und einen MP3-Player heraus.

»Hier kommt die nächste Ladung!«, rief sie.

Doch jetzt jubelte niemand mehr. Stattdessen legte sich eine Hand auf Milenas Schulter. Rot lackierte Fingernägel drückten sich in ihr T-Shirt.

Frau Dabelstein zog Milena vom Fenster weg ins Zimmer hinein. Das Letzte, was Milena auf dem Schulhof erkennen konnte, war Herr Horn, der anfing, all die Dinge wieder einzusammeln, die Milena gerade so heldenhaft befreit hatte.

Sarahs Neuigkeit

Ein Berg von Kissen türmte sich auf Milenas Bett. Ganz oben lag das grün Gepunktete und ganz unten lugten ein paar hellblonde Haarsträhnen hervor. Mehr war von Milena nicht zu sehen. Sie hatte sich tief unter all ihren Kissen verkrochen und versuchte, sich eine Südseeinsel vorzustellen – aber es klappte nicht.

Vor ihrem inneren Auge erschien immer Frau Dabelstein. Und dabei merkte Milena, dass Frau Dabelstein trotz ihre herzlichen Augen sehr, sehr, sehr streng aussehen konnte! Die roten Haare loderten wie Drachenatem und die grünen Augen rollten gefährlich von rechts nach links. So wie sie es getan hatten, als sie Milena vom Fenster weg in ihr Zimmer gezogen hatte. Sie war so wütend gewesen!

Passiert war dann eigentlich nichts. Frau Dabelstein hatte Milena nach Hause geschickt. Aber morgen um zehn Uhr musste sie mit ihrer Mutter zu einem Gespräch kommen.

Milena drehte sich der Magen um, wenn sie daran dachte. Mama! Was würde sie nur sagen? Sie lupfte den Kissenberg an, um auf ihren Wecker zu sehen. Halb eins. Noch drei Stunden, bis sie nach Hause kam.

Warum hatte sie das auch nur gemacht! Eigentlich war doch gerade alles gut geworden: Peffi fand sie nicht mehr schüchtern, im Theater spielte sie die Hauptrolle, Hülya kam zum Babysitten . . .

Hülya! Das nächste Entsetzen überfiel Milena. Ob Hülya überhaupt noch kommen wollte, wenn sie erfuhr, dass Familie Weinlaub keineswegs so brav und nett war wie gedacht? Und Frau Yüksel! Würde sie sie je wiedersehen? Jetzt wo sie ganz sicher von der Schule geworfen wurde?

Milena warf sich auf den Bauch und presste ihr Gesicht ins Kissen.

Nie mehr! Sie würde Herrn Fahrnbauer nicht mehr sehen, sie würde nie als Straßenmädchen auftreten! Milena vermisste Simon Jakob und selbst Leonie Ruf erschien ihr jetzt irgendwie ganz nett.

Und am Goethe-Gymnasium? Nahmen sie da überhaupt Schüler auf, die von anderen Schulen geflogen waren? Milena stockte der Atem. Warum war ihr dieser Gedanke nicht früher gekommen?

Irgendwann hörte Milena die Türklingel. Hatte Mama den Schlüssel vergessen? Gut möglich. Milena zögerte. Natürlich musste sie aufmachen. Aber sollte sie nicht lieber noch eine Weile so tun, als hörte sie nichts? Nur zwei Minuten!

Nur noch ein kleines bisschen Ruhe, bevor das Gewitter über sie hereinbrach.

Drrrringg. Klang es ungeduldig? Mama würde

noch wütender werden, wenn sie sie warten ließ. Milena warf die Kissen zur Seite. Sie stand auf. Mit wackeligen Knien ging sie die Treppe hinunter. Schritt für Schritt tappte sie zur Tür. Ihre Hände rutschten auf der Türklinke, so feucht waren sie. Milena öffnete.

»Milena!« Ein jubelnder Wirbelwind in einem blauen Sporthemd flog ihr um den Hals. Erst Sekunden später begriff Milena, dass es sich um Sarah handelte.

»Was ist los?«, fragte sie benommen.

»Du glaubst es nicht!« Sarah nahm beide Hände und schaute der Freundin strahlend in die Augen. »Du wirst es ganz bestimmt nicht glauben, aber es ist wahr! Es ist verbürgt und versprochen und alles wird wundervoll.«

»Was denn?«, fragte Milena, der es schwerfiel, sich auf das zu konzentrieren, was Sarah da erzählte. Warum war ihre Freundin eigentlich gar nicht sauer? Sie hatte sie doch heute Nacht versetzt?

»Also, halt dich fest«, jubelte Sarah weiter. »Ich darf auch auf die Louisenthalschule! Nach den Herbstferien. Ich habe Mama überredet!«

»Nein!« Milena starrte die Freundin ungläubig an.

Sarah starrte zurück. Ihre Mundwinkel sackten langsam nach unten. »Was ist denn los?«

Und jetzt begann Milena hemmungslos zu weinen.

Bis Frau Weinlaub heimkam, hatte Milena Sarah alles erzählt. Die Freundinnen saßen gemeinsam auf Milenas Bett, als sie den Schlüssel in der Tür hörten.

»Jetzt«, flüsterte Milena angsterfüllt.

Sarah nahm ihre Hand und drückte sie fest.

Sie hörten die Schritte auf der Treppe. Dann öffnete sich die Tür.

Frau Weinlaub schimpfte nicht, sie tobte auch nicht und sie sprach auch kein einziges Verbot aus. Sie stürmte auf ihre Tochter zu und fragte: »Was ist denn nur mit dir los, mein Schatz? Was machst du nur für Sachen!« Dann schloss sie Milena in die Arme und Milena heulte hier gleich noch einmal.

Am nächsten Tag gingen Milena und ihre Mutter nebeneinander die Treppen zu Frau Dabelsteins Zimmer hinauf. Milena war traurig und nervös. Sie dachte an ihr langes Gespräch mit Mama gestern. Es war ein schönes Gespräch gewesen, eines, wie sie es noch nie mit Mama geführt hatte. Sie hatte alles ernst genommen, was Milena gesagt hatte, und über nichts gelacht. Sie hatten über Tapferkeit und Schüchternheit gesprochen, über Milenas verbotenen Plan und darüber, dass der echte Mut darin bestand, die Folgen der eigenen Handlungen zu tragen.

Gestern hatte Milena bei diesen Worten genickt und war sich sicher gewesen, dass sie so ein echt mutiger Mensch sein wollte. Je weiter sie sich jetzt aber der Tür von Frau Dabelstein näherten, desto öfter durchzuckte sie der Wunsch zu fliehen.

Dann waren sie im vierten Stock angekommen. Mama klopfte an Frau Dabelsteins Tür.

»Herein!«, hörten sie sofort.

Mama öffnete. Milena senkte ihren Kopf und ging nahezu lautlos neben ihrer Mutter ins Zimmer.

Frau Dabelstein gab beiden die Hand. Milena sah nur ganz kurz auf, dabei merkte sie, dass die Direktorin nicht so streng guckte, wie befürchtet. Sie deutete auf die kleine Sitzecke neben dem Schreibtisch und alle drei ließen sich dort nieder.

Nachdem Frau Dabelstein mit Milenas Mutter

ein paar Höflichkeitsfloskeln ausgetauscht hatte, sah sie Milena direkt an. »So und nun zu dir«, sagte sie. »Jetzt hätte ich gerne, dass du mir mal erzählst, warum du das gestern gemacht hast!«

Milena sah auf. »Weil ...«, begann sie stockend.

Sollte sie jetzt erzählen, dass sie sich von der Schule hatte werfen lassen wollen? Unsicher sah sie zu ihrer Mutter hinüber. Die nickte.

»Weil ich etwas total Verbotenes machen wollte. Etwas, wofür man von der Schule fliegt! Damit ich nicht mehr hierhergehen muss, sondern aufs Goethe-Gymnasium kann, wie Sarah!«

Frau Dabelsteins Mund öffnete sich immer weiter, je länger Milena erzählte. Einmal beugte sie sich vor, ihre Brille rutschte von der Nase, aber vor lauter Erstaunen vergaß sie, sie wieder aufzusetzen.

»Aber nein!«, rief sie, als Milena eine Pause machte, und als sie schließlich ganz am Ende angelangt war, schlug sie die Hände zusammen und sagte: »Also Mädchen, das kann ich ja gar nicht fassen, was hast du dir denn da nur für einen dummen Plan ausgedacht!« Sie sah abwechselnd Sarah und ihre Mutter an. »Ja und nun? Was sollen wir denn nun

tun?« Es klang fast so, als erwarte sie, dass Milena eine Lösung vorschlagen würde. »Also wenn ich dich recht verstanden habe, willst du mittlerweile gar nicht mehr von der Schule geworfen werden?«

Milena schüttelte heftig den Kopf.

»Na ja«, grummelte Frau Dabelstein und ein verstecktes Lächeln zitterte um ihre Lippen. »Den Gefallen hätten wir dir so schnell auch nicht getan.«

Milena sah sie an. Was sollte das heißen? »Darf ich bleiben?«

Frau Dabelstein setzte ihre Brille zurück auf die Nase und sah Milena ernst an. »Du darfst bleiben, Milena. Was du dir da geleistet hast, langt noch lange nicht für einen Rausschmiss.« Milena drehte sich zu ihrer Mutter und wollte jubeln.

Doch Frau Dabelstein kam ihr zuvor: »Trotzdem werden wir etwas unternehmen müssen. Die Sache war absolut nicht tolerierbar und muss streng bestraft werden!« Sie stand auf, machte zwei Schritte und öffnete die Tür zum Sekretariat. »Frau Lämmlein, könnten sie bitte Frau Meisner hierherrufen?«

Dann setzte sie sich wieder zu Milena und ihrer Mutter. »Ich möchte gerne wissen, was Frau Meisner von dir hält. Ich habe ja jetzt einen recht positiven Eindruck gewonnen. Aber so ein kurzes Gespräch kann natürlich täuschen.«

Milenas Hoffnung wurde reichlich gedämpft. Die strenge Frau Meisner! Wahrscheinlich würde sie für eine entsetzliche Strafe plädieren.

Sie nickte schweigend und lauschte bedrückt der Lautsprecherdurchsage: »Frau Meisner bitte zu Frau Dabelstein«.

Wenig später klopfte es an der Tür. Frau Meisner trat ein, erblickte Milena und wirkte nicht überrascht.

»Frau Meisner, Sie ahnen, warum wir hier sitzen. Milena hat mir eine sehr interessante Geschichte erzählt, wie es zu dem Vorfall gestern gekommen ist. Jetzt möchte ich noch gerne von Ihnen hören, was für einen Eindruck sie von dem Mädchen gewonnen haben.«

Frau Meisner setzte sich auf den angebotenen Platz und begann zu sprechen: »Milena ist eine gute Schülerin. Ein bisschen schüchtern, wie ich finde, aber das wird sich sicher noch geben. Schließlich ist sie diejenige in der Klasse, die niemanden vorher kannte, und dafür finde ich, hat sie sich schon sehr gut eingelebt. Meines Wissens versteht sie sich ganz gut mit Charlotte Peff. Sie ist freundlich und aufmerksam.« Sie schwieg und schien kurz nachzudenken. »Ich bin sehr überrascht vom gestrigen Vorfall, das hätte ich ihr nicht zugetraut.« Sie schwieg wieder. »Ich habe darüber nachgedacht und am ehesten denke ich, dass sie mein Verhalten als so empörend ungerecht empfunden hat, dass sie sich zu dieser Sache hat hinreißen lassen. Ich gebe zu, dass ich gestern etwas überreagiert habe. Ich war im Stress, Charlottes

Handy klingelte und ich habe sie nicht einmal erklären lassen, wie es dazu kam.«

Frau Meisner sah Milena nachdenklich an. Dann lächelte sie ein wenig. »Aber ich hätte auch nicht gedacht, dass Milena sooo streng mit mir ist.«

Milena schwirrte der Kopf: Sie war streng? Sie beurteilte Frau Meisners Verhalten? Aber so war das Ganze doch gar nicht gemeint gewesen!

»Sie meinen also nicht, dass ich zu einer disziplinarischen Maßnahme greifen sollte?«

Disziplinarische Maßnahme? Was war denn das? Milena lief es kalt den Rücken hinunter.

»Neinnein, auf gar keinen Fall!«, sagte Frau Meisner.

»Ich denke, einige Stunden Arbeitsdienst bei Hausmeister Horn sind vollkommen ausreichend!«

Die eigentliche Heldentat

»Du warst aber lange nicht mehr bei mir!« Frau Yüksel strahlte, als Milena eine Woche später in die Küche gehuscht kam.

»Ja, tut mir leid, aber ich musste in der Mittagspause immer Herrn Horn helfen!«

Frau Yüksels Strahlen ging in ein wissendes Lächeln über.

»Ich hab gehört, was du angestellt hast. Die ganze Schule spricht über dich!« Sie setzte sich an ihren Teetisch und schenkte zwei Tassen ein. »Dabei war das wirklich eine ganz dumme Idee!«

Milena nickte betreten und nahm sich dann ihre Tasse. »Stimmt schon, aber ...«

»Aber es ist ja alles noch mal gut ausgegangen?«

Milena nickte. »Sehr gut sogar. Stellen Sie sich vor, meine Freundin Sarah kommt nach den Herbstferien auch auf die Louisenthalschule!«

»Das ist ja wunderbar, ich freue mich schon darauf, sie kennenzulernen.«

In diesem Moment hörten sie schwere Schritte auf dem Gang.

»Oje, Herr Horn!«, rief Frau Yüksel.

Aber Milena nickte gelassen. Als der Hausmeister an der Tür auftauchte, grinste sie ihn fröhlich an. »Hallo!«

Herr Horn lächelte zurück. »Da sitzt sie ja, die fleißige Helferin.« Als er bemerkte, wie erstaunt ihn Frau Yüksel ansah, wurde er ein wenig rot. »Sie haben schon recht, eigentlich gehört sie an die frische Luft. Aber sie hat letzte Woche so prima mit angepackt, dass ich ihr gern mal was durchgehen lasse!«

Ungefragt setzte er sich mit an den kleinen Teetisch.

»Ich sage Ihnen, Frau Yüksel, ich habe nie ein fleißigeres Mädchen gesehen. Den ganzen Theaterraum hat sie allein entrümpelt! Mich hat sie nicht einmal mit hineingelassen – und am Schluss war alles picobello sauber!«

Er klopfte Milena anerkennend auf den Rücken.

Milena grinste vor sich hin. Es war schon komisch. Da sprach die ganze Schule von ihrem Auftritt am Fenster. Die eigentliche Heldentat aber, auf die sie richtig stolz war, die kannten nur Peffi, Sarah und sie selbst.

Ja, sie hatte den ganzen Theaterraum allein aufgeräumt und es war auch wirklich unglaublich viel Arbeit gewesen. Aber was hätte sie sonst auch tun sollen? Herrn Horn den Mäusekäfig finden lassen?

Sie hatte Mo alleine ins Freie geschafft und dann mühsam mit Antons Skateboard nach Hause transportiert. Ihre Mutter war ja zum Glück schon darauf vorbereitet gewesen.

Als der Käfig dann in ihrem Zimmer stand, war Mo aufgewacht. Milena hatte sie sich genau angeschaut und sich kein bisschen gegruselt. Sie hatte Mo vorsichtig gestreichelt und ihr frisches Futter gebracht. So ein Mäuschen war eigentlich ganz süß, hatte sie gedacht und sich gewundert, dass sie sich früher so über diesen Namen geärgert hatte. Mäuschen.

Jetzt würde sie das nicht mehr stören.

Aber jetzt sagte das auch keiner mehr.

Eva Hierteis

Vanilla aus der Cola-Dose

Als wäre Laili nicht schon ausgelastet mit ihrer schrägen Familie, erscheint urplötzlich auch noch Vanilla – ein Flaschengeist! Vanilla hat nichts Besseres zu tun, als 1.) den Kühlschrank leerzufuttern und 2.) die exotische Zimmergenossin von Lailis Bruder Olaf entwischen zu lassen. Dumm nur, dass Olafs Liebling nicht ungefährlich ist. Und mit Vanillas Zauberkünsten ist es leider nicht allzuweit her!

Meike Haas

Finja und die Zauberfürstin

Aramsi, das phantastische Reich, ist in tödlicher Gefahr! Itzika, die schreckliche Dunkelfürstin, will mit ihren Geistern die Macht übernehmen. Finja und die Traumstreicherin Alvaira müssen jetzt eingreifen, sonst ist Aramsi unwiderbringlich verloren. Was die beiden nicht ahnen: Sie haben unter den Bewohnern Aramsis einen mächtigen Gegner, der seine eigenen Ziele verfolgt.

Arena

Ab 8 Jahren.
180 Seiten. Gebunden.
ISBN 978-3-401-06295-2
www.arena-verlag.de

Kate Klimo

Der frechste Drache der Welt

Emmy ist ein Drache, den man sofort ins Herz schließt. Spricht. Noch. Nicht. So. Gut. Aber dafür frisst sie umso mehr. Und Jesse und Daisy, die beiden Kinder, die sie gefunden haben, haben alle Hände voll zu tun mit der Aufzucht des erschreckend schnell wachsenden Drachen. Ihre Größe verdoppelt sich jeden Tag! Lang lässt sie sich nicht mehr verstecken, und der Drachentöter St. Georg ist ihr auf der Spur.